你值得世间
所有的
美好
Pisces

TO

From

井边明月，旷野繁星
酒红窗帘你们脸
情不知所起，一往而深
你值得世间所有的美好

亲爱的双鱼座：

像你这样乐于助人的星座其实不多，星座中并不常见。但如果你将魅力能保持得更久一会儿，星座中会让人省心不少呢。愿你走过长长的路，有丰盈的时间发生故事。

成长就是这样，痛并快乐着，你得接受这个世界带给你的所有伤害，然后无所畏惧地长大。愿你一半努力，一半被爱。

林小仙

林小仙 著

双鱼座
#攻星记#
Pisces

你值得世间所有的美好

中国出版集团 现代出版社

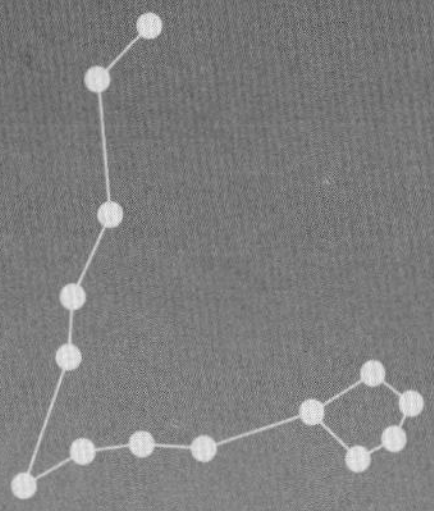

成长就是这样，痛并快乐着。

你得接受这个世界带给你的所有伤害，

然后无所畏惧地长大。

愿你一生努力，一生被爱；

愿你温柔不变，青春不负，深情不伤。

前　言

双鱼是个呆萌的、不擅长说话的星座。

如果有一个人对双鱼好，双鱼会对那个人好上十倍；可如果那个人对双鱼不好，他也不会报复，更不会记恨。双鱼就是这么善良，所以请不要伤害双鱼。

亲爱的双鱼，你要好好爱自己，因为没人总是心疼你。如果不开心了，就找个角落大哭一下，你不需要别人同情可怜。

亲爱的双鱼，你要学会控制自己的情绪，谁都不曾亏欠你，所以不要随便跟人发脾气、耍性子。

亲爱的双鱼，全世界只有一个你，就算没有人懂得欣赏，你也要好好爱自己！

你要始终相信，一切都会过去的，Tomorrow is another day。

亲爱的双鱼，你是最会胡思乱想、直觉最准，却也是最孩子气的星座。

双鱼喜欢和自己喜欢的人斗嘴，双鱼不善于表达、不爱发短信、不爱打电话，只对特别的人会例外。

双鱼需要慢慢相处，因为双鱼是个被动的星座，认识时间越久对人越好，喜欢细水长流的感情。

除了感性，双鱼也可以理性得可怕 ，双鱼座的人很没安全感，所以要小心呵护他们。

双鱼常常一投入爱情，就完全忘了还有一群朋友存在。只有在感情不顺利时才会想起来找朋友们诉诉苦，所以基本上他很难在两者之间取得平衡，也很少能好好兼顾友情与爱情的关系。

对于双鱼座来说，爱情与友情就好像拔河比赛，照顾好爱情就会忽略友情，照顾好友情又会冷落爱情，这就是他心中的矛盾点。

双鱼最容易单相思。

也许有人说，双鱼的爱好霸道。可是，双鱼爱上一个人以后，就想把自己最好的东西全部给对方。

也许在双鱼爱上的人看来，这并不是最好的。可是双鱼只是傻傻地想把自己有的最好的东西变成他爱的人的。

希望被双鱼爱上的人能明白，这不是霸道，是不计代价的付出。

双鱼座性情温柔，易于相处，身上有一种令人难以抵御的奇异的魅力。这是一个浪漫而富于幻想的人，对生活充满热望，但缺乏应变的能力，因此，双鱼十分需要有人保护。

双鱼喜欢别人把一切都安排得井井有条。因此，这一星座的人多半像天真可爱的孩子，希望自己是别人的掌上明珠。

双鱼天生就带着双面性格，快乐与悲伤、积极与消极、向左与向右……在他的脑子里，永远有做不完的选择题，所以容易给人一种蜻蜓点水、停不下来的不稳定感。

然而，等到双鱼终于选择好答案时，所展现出来的决心却是异常坚定的。

双鱼的双重性格也非常极端，可以最火热，也可以最冰冷，但平常会呈现出很和蔼的性格，可以迷惑所有人，虽然双鱼不太会留意给自己造成的影响。

双鱼最爱我行我素，但双鱼的我行我素并不是不合群，只是偏执地坚持自己的想法。

双鱼最不喜欢得罪自己在乎的人，所以有些时候更容易妥协，就算他再不高兴，也不会在别人面前表现出来，他宁愿保持适当的沉默。

如果大家肯多听听双鱼的心声，或者双鱼不会做一个孤独的侠士。

对双鱼来说：

我微笑时，如果你懂，只要握紧我的手，对我微笑就够了。

我哭泣时，如果你懂，只要借我一个肩膀，静静地陪我就够了。

我委屈时，如果你懂，只要给我你的怀抱，让我只在你面前脆弱就够了。

我任性时，如果你懂，就会包容。

因为是你，所以我才任性。全世界都可以不懂，如果你也不懂，我还有什么话可说？

目　录

第一辑　我能遇见你，已经很不可思议

总有一个人，是为了遇见你而来到这个世上的
… 002

我用心慕你，如鹿慕溪水
… 011

爱情是个梦，而你总睡过头
… 019

他曾温柔呼唤，而你恰好应答
… 024

我尝试和不同的人谈恋爱，却无法做到不想你
… 029

我们站着，不说话，就十分美好
… 034

相似的人适合玩闹，互补的人才能终老
… 039

第二辑　用一杯水的单纯，面对一辈子的复杂

你那么傻，连伤害都不怕
… 044

用一杯水的单纯，面对一辈子的复杂
… 049

你太孩子气，小心眼又不讲理
… 054

我就是因为幼稚，才会喜欢你那么久
… 059

越单纯，越幸福
… 064

把最单纯的自己，留在最美的时光里
… 069

每一个矜持淡定的现在，都有一个很傻很天真的曾经
… 074

第三辑　人前没心没肺地笑，人后独居寂寞城堡

还在努力爱着，只是没了非在一起的执着
··· 080

失去的，会以另一种方式归来
··· 086

人前没心没肺地笑，人后独居寂寞城堡
··· 091

单身还只是寂寞，将就便成了折磨
··· 095

摇摆不定，永远是感情的逃兵
··· 102

什么都舍弃不了的人，什么都改变不了
··· 108

心里乌云密布，面上不动声色
··· 112

第四辑　可以遗忘的，就不再重要了

旧时光它是个美人，让我怎么恨得起来
… 118

爱情还你，骄傲还我
… 123

我也很喜欢，当年喜欢你的我自己
… 128

所有的过错，都可以用错过释怀
… 133

我若离去，后会无期
… 138

可以遗忘的，就不再重要了
… 143

不见面是害怕思念，不联络是掩饰眷恋
… 148

第五辑　我不想用离开的方式教会你珍惜

我不想用离开的方式教会你珍惜
… 154

时间不会回头，爱情岂能如果
… 159

我还记得，我跟别人炫耀过你
… 164

珍惜每一个人，不挽留任何一个人
… 169

被爱的人，不用道歉
… 174

你盗用了友情的名义，还冒充爱情
… 179

总是小心翼翼，害怕不辞而别
… 184

第六辑　你是温暖，逆光而来

站在一个安静的位置，看世界的热闹
… 190

你是温暖，逆光而来
… 195

生活不是刁难，它是一种雕刻
… 200

独处的秘诀，就是和孤独签订体面的协议
… 205

你若少了快乐，生活就缺了一角
… 210

时光凉薄，容不得你多愁善感
… 215

执迷不悟，不过是自讨苦吃
… 220

第一辑

我能遇见你，已经很不可思议

双鱼是付出型的星座，你对双鱼好，双鱼可以为你放弃天堂。双鱼从不介意生活平淡，因为他能让你的生活充满乐趣。

尤为可贵的是，无论男女，双鱼都不介意成为爱人的后盾，不介意做对方背后的贡献者。双鱼最容易出风头，但是他们也是最懂得退让的，不论是爱情的有无，还是缘分的来去。

总有一个人，是为了
遇见你而来到这个世上的

对于爱情，双鱼是典型的浪漫主义。没有金牛那么精打细算，也不像摩羯那么拜金，不像天秤那样权衡利弊。

双鱼可能是十二星座中最相信童话的星座。如果双鱼爱的人是世家子弟，那颗敏感的心会让其怕东怕西；如果双鱼爱的人是那种家境贫寒的奋发青年，反而会坚定地陪伴爱人左右，一起同甘共苦，等待苦尽甘来的那一天。

与“得到”相比，双鱼更害怕“失去”。只有靠自己努力得到的幸福，双鱼才敢相信。

原来喜欢真的可以卑微到不奢求任何回应，
你身上总是披覆着星光，
而我只是你身边再平凡不过的仰望者，
你能允许我喜欢，已经是再幸福不过的事了。

流年，总喜欢穿心而过，遇见，似一场花开。蓦然回首，苍老的是岁月，永不老去的是初见的明媚与温暖。

你相信吗？总有一个人是为了遇见你而来到这个世上的。

某一天，你在千万人之中，时间无涯的荒野里，没有早一步也没有晚一步地遇见了他。这一天，也因此成为你生命里最幸运的一天。

这世上总有一个人是你一经遇见就再不能割舍的。遇见之前，你所经历的一切都是为了等待；而遇见之后，你所要经历的一切都是为了相守。

你是一个如此明媚的人，在一份美好却不知道结局的感情面前，你时常对自己说："我能遇见你，已经很不可思议。"

你觉得自己是何其幸运，能够遇见了一个深爱的他，就像是回到家，推开门，开了灯，一瞬间所有的黑暗，全部变成了光明。

你觉得自己是何其幸运，能够遇见一个温柔的他，所以为他付出从不心疼，永远觉得是理所当然，因为你知道，他也是这样对你的。

你觉得自己是何其幸运，能够遇见一个专一的他，就像获得了天下至宝，所有别的东西，都可以不用在意。

和他在一起，你觉得这辈子都不会再有遗憾，甚至你还祈祷过下辈子再遇见他。

和他在一起，你不会害怕死亡，也不害怕活下去，甚至期待能活到很老。

你需要他的时候，他在你身边，你不需要的时候，他在你身后，他不会什么都惯着你，但他一直都在。

你变得和所有人一样，只想得到幸福，不愿承担痛苦，但是不下雨，哪来的彩虹？

于是你有着抑制不住的感情想去表达，有着数不清的情话想对他说。你会对命运充满感激，感激命运赐予爱和好运气。你还想对那个人说，在最美的年华里，有他分享回忆真好。

可是你又抑制不住地胆怯，你怕人像个陀螺，擦肩而过的人越多，转得越洒脱；你怕无法控制旋转的惯性，遇见了谁，

爱上一个人的时候，既能当爹，也能当妈，恨不得亲手把对方拉扯长大。

Pisces

都变成了习惯性的错过。

如果一直独来独往，你也不会觉得有多难熬。但自从遇见了他，他不在的日子，每一天都像是虚度。

爱情最怕的，就是好起来不给对方空间，恨起来不给对方机会。

其实，真的不用遗憾没有在最青春美貌的时候遇见对的人，因为我们要的，终究不只是一场足以天崩地裂的爱恋，而是天长地久的温暖相伴。

爱过的人，要记得；给过的情，要承认。对那些曾经喜欢自己、向自己告白的人说谢谢，记得他们的真诚与付出。

十年、二十年、三十年的人生岁月里，他们给过温暖，给过爱意，孤独的时候陪伴，失落的时候鼓励，哭泣的时候拥抱，微笑的时候追随……

你的生活不能等待别人来给予，要靠自己去争取和奋斗；不论其结果是喜是悲，可以慰藉的是，你总不枉在这世上活了一场。

时间会把正确的人带到你身边，相信有一个人正走在与你相遇的路上，请你好好照顾自己，让自己变得更加优秀。人生

双鱼宁愿像个孩子，不肯看太多的事，听太多的不是，单纯一辈子。

Pisces

是一场盛大的遇见，你若懂得，就请珍惜。

如果还有机会，你们一定会再遇见。地球之所以是圆的，是为了让错过或走失的人们，在历经地球漫长的一圈以后再次相遇。

如果注定无缘，也请你珍惜这一次的遇见。生命本是一场奇异的旅行，遇见谁都是一个美丽的意外。

双鱼最大的痛苦就是太聪明，聪明地知道太多不想知道、不愿意知道、还不能说的事儿。

Pisces

双鱼的左眼是诗歌，右眼是童话。左眼是对世俗的美好憧憬，右眼是对人性的良性期待，以至于双鱼时常忘记其实生命都是由各种各样的缺憾造成的，因为双鱼忘记了这些缺憾，所以很美好。

Pisces

我用心慕你，如鹿慕溪水

双鱼的感官很灵敏，别人对自己一点点态度上的变化，他都能觉察到。要是别人和双鱼讲好多大道理，双鱼就会觉得那人是在变相地赶自己走。

要是双鱼好不容易主动一次，但对方冷冰冰的，双鱼就会觉得应该是被讨厌了，就再也不会对那人主动了。

双鱼的脾气虽来得莫名其妙，但也是想在在乎的人心里刷点存在感。

相遇时的刻意躲闪，交流时的风度翩翩，
离开时习惯性地再看一眼，总是期待下次再见……
这便是世上最踌躇的感觉——爱恋。

只有他好像和所有的人完全不同，也许他并不知道，你和他在一起时，较之你和别人在一起时要活泼得多。你近乎与世绝缘，只有他能在你心里引起感应。

喜欢是内心生长出的依赖，而深沉的爱则是发自内心的保护欲。所以喜欢让人变成孩子，而爱则让人拥有了父性母性的光辉。

一辈子，遇到心动遇到爱情都不稀奇，遇到爱，此心才是归宿。

爱最大的苦恼在于他让你得病，可他又是你的药。

你也不知道你是不是爱上了他，只是当听说了他所在的城市，就会忍不住想去看看。

有些傻话，不但要背着人说，还得背着自己，让自己听见了也怪难为情的。譬如说“我爱你，我一辈子都爱你”。

你常想，如果你们一天一天地爱下去，是不是就成了一

每个双鱼的内心都有一个好莱坞，不仅戏多，演员也多。

Pisces

在一份感情里，双鱼可以看淡一切现实与物质。但对爱要求得很单纯，要么百分百，要么零；要么爱，要么离开。

Pisces

年？然后一年一年地爱下去，是不是就成了一辈子？

你多想告诉他，他就是填满你内心的人，他就是你心中仅存的一丝温暖。

你会享受紧紧地抱住他那一刻，就像得到了全世界；你的双眸会因为老跟着他而显得迷茫，会牵肠挂肚、患得患失；你会在要见到他时神经兮兮地翘首以待，当他离去时又怅然若失；你会刚说再见却又心生思念。

你会因为他的温柔而满怀甜蜜，更会因为他的冷漠而郁郁寡欢；你会被他牵着鼻子走，如被魔杖点中，完完全全不能自己。

你忘了时间，即使是这样一声不响地看着他，也觉得幸福。

如果你从不珍惜，就不要后悔；如果你从不试着去理解，就不要憎恨；如果你没有亲自经历过，就不要妄加评论。

成长就是你哪怕难过得快死掉了，但你第

双鱼对这个世界总是带着乐观的眼光，他们单纯、天真，甚至有些幼稚，正是因为如此，他们相信童话，也相信这个世界上的人和事多数是美好的。

Pisces

二天还是会分秒不差地到约会地点等他。没有人知道你发生了什么，也没有人在意你发生了什么。关于你的情绪，只有你自己才知道。既然解释不清，那就不要去解释。

没有人在意你爱得辛苦不辛苦，但你知道值不值得。

对一份感情的坚持，好比一个人行走在荒漠之上，烈日炎炎，无水，无粮，无绿洲，前进是绝望的遥远，后退是死寂的空无。因此，真正的痛苦，没有谁能与你分担，你只能把它从一个肩换到另一个肩。

你可以不是他第一个喜欢的人，不是他第一个牵手的人，不是他第一个拥抱的人，不是他第一个亲吻的人。但你希望，你是他在遇到痛苦时第一个想倾诉的人，是他在遇到快乐时第一个想分享的人，是他在遇到挫折时第一个想依靠的人，是他今生以后想相伴的人。

因为他是那个让你心动的人，所以你愿意把心给他。

恋爱中的人，总有一方是花园，另一方是园丁。花园可以安心享受被爱被呵护，而园丁只能付出再付出。

什么是永远？有生之年就是永远。分手不一定是坏事，正好证明那个人不是能与你地久天长相伴的人而已。

在时间线上，有一个人在等你，时间到了就会相遇；时间对了，那个对的人就会出现。

喜欢一个人，就是在一起很开心。爱一个人，就是即使不开心，也想在一起。

电影里说："你我之间本无缘分，全靠我死撑，我明白的。"以前觉得这话直抵泪点，现在却觉得，说白了，爱一个人真的就是自己一个人的事，得拿出过日子一样的态度。

只要还想继续，就大不了哭一场，硬着头皮爱下去。哪有什么缘分不缘分，都是撑来的。

爱情是个梦，而你总睡过头

双鱼每天最开心的事就是研究自己，对着镜子一分钟能演出六十种情绪来，演过头了，就自己喊一声“卡”，再来一次。

在双鱼看来，日子要过得像电影里的片段那么浪漫才叫生活，要是有人能陪着自己一起演，就是最幸运不过的事了！

如果你觉得我啰唆，原因只会有两个：
一是事很重要，二是你很重要。
真正重要的东西，
总是没有的人比拥有的人清楚。

青春年少的日子，我们总以为，爱情就是把两个人牢牢地绑在一起，当他爱你，他就要了解你。

这样的结果却是：当他了解你，他就不爱你了。直到青春远去，你才明白，每个人心中都有一片内陆，即便是最亲密的人，也无法抵达那儿。为什么要全然了解呢?

你可以不完全了解一个人，却还是爱他爱得一塌糊涂。

爱情如梦，在小鹿乱撞的欢笑和胆怯懵懂的期盼中，梦开始了；在依依不舍的眷恋和独自神伤的痛哭中，梦结束了。

如梦的爱情，赤裸裸地来，赤裸裸地去，却带走了我们最单纯美好的年华和最幼稚固执的青春。

有的时候是我们自己在拒绝真正的爱，我们害怕，甚至恐惧，从心底里认为自己是不会被爱的，因为我们极少不怀私心地去爱过别人。

拒绝付出，拒绝认真，直到在无数次考验中确认对方爱得炽烈才舍得放心去爱，可往往这个时候，那个爱你的人已经转身而去了。

打心底爱一个人，希望他一切都好，希望他不会难过，更怕他因自己伤心或失望；甚至宁愿做错事的人是他，受伤的是自己；看见别人亲密，想到的一定是他。

缘分就是那么奇妙的东西，没有预约，只于灯火阑珊处，那一回眸的对望，便成全了心与心的相逢。

他来了，恰好你也在，说与不说，只要来过便好，烙在心底的痕迹，哪怕清清浅浅也是一种生动。

漫长的光阴里，你不会只走过一个人的生命，也不会只有一个人走过你的生命。缘来时，猝不及防；缘去时，无力阻止。唯一能做的就是，遇见时，紧握手中珍惜；离别后，深藏心底铭记。

或许对我们每个人来说，从爱情的梦境中

醒来后，最难过的就是不能陪爱的人一起老去。

他不在你身边，却会在你心里。没有他，不论如何繁华的街市，都将荡然无存。一根短烛燃尽了世间所有繁华，浮华中他是你落地生根的灵魂 。

他不在你身边，却会在你心里。他带给你的那份宁静，那份独处，那份深邃，那份从容，还有那份美好，你永远都不能用语言诠释清楚，无论他在哪里，都走不出你的心，他是你永远的牵挂和思念。

没有他，却有一样孤独的月亮，有静静闪亮的星星，它们会嘲笑你的痴情吗？不会的，其实，它们正是按你的心愿，代替他在陪伴你，让你心灵的天空永远明丽。

太过美好的东西从来都不适合经历，因为一旦经历便无法遗忘；太过年少的爱情从来都不适合追求，因为我们都还走在成长的旅途中。

有些人，只能离开；有些东西，只能放弃；有些记忆，只能埋藏心底；有些过去，只能选择遗忘。

人与人的交往不必太在意，他随你走一段路，就一定有分别的那天；总要有人带你来到这路口，又总要有人带你离开那地方，人生就是不断地遇见和分别，相处时愉快，离散时从容，相濡以沫不如相忘于江湖。

在心里说句再见，和过去温柔道别就上路吧！别回头，因为前方还有一人正朝你走来。

人们这一生，注定有很多偶遇，偶遇一件事，偶遇某个人，让你的生活多了许多曲折。不管怎样，总有那么几件事，让你念念不忘；总有那么一个人，让你徒生叹息。

错过的，就当是路过吧，没有交集的美，仅是心空的幻影，遗忘是彼此最好的怀念。一路走来，偶遇的星光，让你有遗憾，也有温暖。

他曾温柔呼唤，而你恰好应答

双鱼的人生可以用两个字概括：纠结。不管从哪一方面来说，双鱼本身就是一个矛盾的个体。

双鱼有着显著的分裂型人格。就是你问他“怎么了”，他会说“我没事”，然后你要是再问他“真的没事”，他就说“有事”，然后你问他“什么事”，他又说“没什么事”。

但关键来了，如果这个时候你觉得他真的没事，那你就歇菜了。

爱是一念之差，最幸福不过就是，
你曾温柔呼唤，而我恰好有过应答。
自此，尘埃落定，易向以宁归。

有些人一直没机会见，等有机会见了，却又犹豫了，相见不如不见。

有些爱一直没机会，等有机会了，已经不爱了。

有些人有很多机会相见的，却总找借口推托，想见的时候，已经没机会了。

有些话有很多机会说的，却想着以后再说，要说的时候，已经没机会了。

说好永远的，不知怎么就散了。

最后自己想来想去，竟然也搞不清当初是什么原因彼此分开的。然后，你忽然醒悟，感情原来是这么脆弱。经得起风雨，却经不起平凡；风雨同舟，天晴便各自散了。

也许只是赌气，也许只是因为小小的事。

幻想着和好的甜蜜，或重逢时的拥抱，那个时候会是边流泪边捶打对方，还傻笑着，该是多美的画面。没想到的是，一别竟是一辈子。

于是，各有各的生活，各自爱着别的人。曾经相爱，现在已互不相干。即使在同一个小小的城市，也不曾再相逢。某一天某一刻，走在同一条街，也看不见对方。

先是感叹，后来是无奈。

也许你很幸福，因为找到另一个适合自己的人。也许你不幸福，因为可能你这一生就只有那个人真正用心在你身上。很久很久，没有对方的消息，也不再想起这个人，也是不想再想起这些事。

最痛苦的是，消失了的东西，它就永远不见了，永远都不会再回来，却偏还要留下一根细而尖的针，一直插在你心头，一直拔不去，它想让你疼，你就得疼。

好在，时间是最好的解药。很多事情的发展注定有个结束，好好享受美丽的过程。擦肩而过的时候，我们应该学会遗忘，放声笑一回，大胆哭一场，抬头望一望头顶灿烂的阳光，相信时间可以改变一切。

这世间最残忍的爱，不是得不到，而是已失去。因为得不到，心底始终会怀着那份雾里看花、水中望月的美好。而已失去，却会成为心口一个无法弥补的大洞，只要风一吹，就会空荡荡地疼痛起来。这样的疼痛，叫作伤口。

这样的伤口会在以后每个不管是希望还是失望抑或是绝望的夜晚隐隐作痛。

有一些东西错过了，就一辈子错过了。人是会变的，守住一个不变的承诺，却守不住一颗善变的心。

有时候执着是一种负担，放弃是一种解脱。人没有完美，幸福没有一百分，你要知道自己没有能力一次拥有那么多，也没有权利要求那么多，否则苦了自己，也为难了对方。

承诺是一张白纸，再厚的剧本也有了结局。在这个世界上没有恒久的幸福，只有瞬间的惬意和安适。

我们总会在不设防的时候喜欢上一些人。没什么原因，也许只是一个温和的笑容、一句关切的问候。可能未曾谋面，可能志趣并不相投，可能不在一个高度，却牢牢地放在心上了。

冥冥中该来则来，无处可逃，就好像喜欢一首歌，往往就因为一个旋律或一句打动你的歌词。喜欢或者讨厌，是让人莫名其妙的事情。

爱错了一些人，或被一些人错爱过，才慢慢明白了什么最适合自己，什么是自己真正想要的。在明白这些之后，遇上一个对的人，就拥有了对的情感。

只有等到物是人非之后，人才会懂得怀念；总是在我们最不懂的时候，错过最真的东西。

我们以为，开始一段爱和结束一段爱都是容易的，甚至是值得期待的。而多年后蓦然回首，才发现原来爱情才是最奢侈的一次性消费品。因为，永远没有人在原地等你。

错过了，就定格成永久的风景，再多的遗憾和悔恨，都成为无法弥补的失去和惩罚。

我尝试和不同的人谈恋爱，却无法做到不想你

双鱼内心有一个好莱坞，不仅戏多，演员也多。

双鱼其实不是花心，只是比较来说更容易爱上一个人。因为什么都不想告诉别人，也不愿意说，就在脑海中自己对话，当导演，当演员，当后期，当制片人，当出品方，然后就开始想象各种浪漫画面，想着想着，竟然就那么爱上了。

到哪里找那么好的人，
配得上我明明白白的青春；
到哪里找那么对的人，
陪得起我千山万水的旅程。

你决心不再想念一个人了。你也决定不再记得关于他的一切，不记得他淡漠而又深情的眼神，不记得他冷淡而又温暖的话语，不记得他给你的无尽的关怀，不记得与他一同经历的风雨阳光。

然而，当你已经决心不再想念他的时候，他却以另一种方式又出现在你的生活里。

你和他在一起的时候，你说话喜欢用终于，就像终于放假了，终于毕业了，终于离开这里了……仿佛任何告别都像是一种解脱。

最后你才发现，那些自以为是的如释重负，才是让人想念的东西。没什么会等你，就像所有的曲终人散和分道扬镳，到最后可惜的不是离散，而是没有好好地和那些告别。

时光静好，过往芬芳。生命里总有一些旧时光那么美好，想念不敢念，想忘却又不能忘，漫过岁月的潮汐，在记忆的埂上流芳。

人生的过往，在时光的门里安逸地老去。门外，足音几许，静静地，徘徊着长久的期许。油画的调子在思念里繁育，涂抹的意境，肥瘦、明暗、虚实、薄厚，参差不一。

你是你自己的画，画外的你的季节，画里的你的情绪，冷暖寒凉，不分彼此，美或不美，你的风景都在那里，不增不减。念或不念，那个人还在记忆里，不生不灭。

愿你分得清，你是在用力忘记，还是在用力想起。

有些爱，即使相隔千山万水，也割舍不了；有些温暖，即使以为自己刀枪不入，也忘记不掉；有些人，即使不在身边，也是你最深的牵挂和想念。

深夜来临的时候，是一个人心灵最脆弱的时候，也是想念最疯狂的时候。

看见初见这两个字，竟痴在那里，一直走不出去。细细想来，岂不是一直活在想念里？

这世间之事，所有遇见的，所有错过的，原都是用来想念的。

一个人时，静默在想念里，心之漠野，开出粉色的花来，暖暖的，柔软了冷冷的枝。学着不去定义错过和失去，倘若一味地寻找解脱，那错过便失去了意义，唯有想念，可以地老天荒地美丽。待追问沁出了泪滴，才懂得，不动声色才是想念最好的姿态。

在光阴的背影里，在时间的唇上，在呼吸的温暖里，想念，如一场场梦幻花期，一切的繁盛颓靡，一切的离合聚散，一切的过往经历，皆因为令人心痛的熟悉。

想念，亦如草木，覆盖的仅仅是季节的此起彼伏，无论怎样痛心疾首，终逃不过云聚云散，一场空虚。

想念，若有声音，恰如流水般的声声鸟鸣，缠绵在晨露的每一片叶子的绿色中，一坡一坡，浓浓的，醉了路人的眼睛。

想念，若是有颜色，定是暖暖的鹅黄，清新，温暖。

想念，该是安静的、浅淡的、从容的，甚至是清绝的，如冷艳的一束梅花，魂芳骨瘦，暗香散淡。

再后来，你终于明了，当初有个人，淡出了你的视野，却时常于不经意间，浮现在记忆的缝隙。

与其说是想念某个人，不如说怀念某段时光，在它的里面，浓缩了年少炽热的情愫，定格了青春迷离的梦幻。

不要在意生活和你开的玩笑，在你不懂爱的时候，别说碰到了不该放弃的人；当你读懂它的时候，别说受到的都是伤害。

就算最后，他从一个陌生人变成了一个你无法停止思念的人，但请你继续感激那场相逢。

在那样的年华里，你们曾经遇见，曾经用最美的心情想念彼此。好多年以后想起来，还能渗出青草的味道。

年华，将教会你我不再孤单，也将教你我学会接纳，接纳一个人的出现，以及一个人的从此不见。

我们站着，不说话，就十分美好

敏感的双鱼有着容易感动的天生气质，也因为如此，他爱得小心翼翼、如履薄冰。

双鱼不喜欢依靠别人，但如果你是他想要依靠的人，那请你不要让他失望。

对于双鱼来说，世界上最重要的东西是感情，一条精神上满足的“鱼”，可以没有其他东西，就已经是最幸福的人了。

下雨过后的屋檐，果然很适合风铃，
我们往窗外看，风刚刚冒出嫩芽的声音，很轻。

让人感动的爱情不是天生一对的幸福，而是他明明喜欢高挑的女孩，却偏偏对微胖的你动了心；你曾经红着脸颊给打篮球的学长递矿泉水，如今却陪着不爱运动的他在图书馆里解你讨厌的数学题。

明明他没有长成你爱的样子，你却觉得找到了一直想要的那个人。

最合适的感情，永远都不是以爱的名义互相折磨，而是彼此陪伴，成为对方的阳光。

岁月荏苒，你轻倚季节的转角处，安然于这份静好。轻轻浅浅的日子，散发着恬淡的香，那是时光沉淀的馨香。

一直认为，最长久的幸福，来自平淡的日子，来自宁静的心境，来自平凡日子里点点滴滴的感悟。

繁华落尽终究是平淡，生活的美，不在于绚丽，而在于平和；爱情的美，不在于轰轰烈烈，而在于平凡的相守、温暖的陪伴。

年少的时候，你也曾对爱情有过很多幻想，那么渴望能成为爱情童话中的主人公，期待白马王子有一天能穿越千山万水来到你身边，牵着你的手走向幸福。

然而，年华如水时光辗转，王子终究没有来，你也没有穿上灰姑娘的那双水晶鞋，却在似水流年里将一颗心安放在岁月中，拥有了一份平淡的爱情。

佛说，前生五百次的回眸换来今生的擦肩而过，遇见他是一个美丽的意外与惊喜。你想念在菩提道上一起共度的时光，和生命中有他相伴的日子。

是缘分，让你们在人海里相遇。从此以后，一朵花会因一滴水而妩媚；一株草会因一缕清风而摇曳；一湖水也会因一叶小草而清波荡漾。

你不知道流星能飞多久，值不值得追求；你不知道樱花能盛开多久，还值不值得等候；但你知道，与他相伴的时光，像樱花般绚丽，像恒星般永恒，值得你用一生去保留！

如果落叶能寄去你所有的思念，想必你情愿将整个秋林装进心中；如果归雁能传递你所有的牵挂，想必你会用毕生去感谢这美丽的季节。

爱情世界里只有感动是不够的，好的爱情还需要彼此有一点奋不顾身的冲动和一点捡到宝似的沾沾自喜。

最好的爱情，不是一见钟情，而是日久生情；真正的缘分，不是上天的安排，而是你的主动；所谓的自卑，不是你不优秀，而是你把他想得太优秀；有用的关心，不是你认为好的就要求他改变，而是他的改变你是第一个发现的；有害的相处方式，不是他不理解你，而是你不会宽容他。

琴只想对知音的人弹，话也只想对能懂的人说。生命中有许多相遇，但能留在心间而难以忘怀的能有几个？

当时光流逝，当容颜老去，青丝变白发，当你独自在月光下静默沉思，那份温馨，那种思念，还在心灵深处吗？

爱一个人，其实很简单。他让你流泪，让你失望，尽管这样，他站在那里，你还是会走过去牵他的手，不由自主。

爱情中没有最佳搭配，只有最佳相处，爱就是互相包容和体贴。

一个人不管有多好，首先他是你的才有意义。爱情到最后，不是比谁更出色，而是看谁最后能留在你身边。

所以，最好的那一个，不是来自星星的他，而是来自身边的他。所谓一辈子，就是死心塌地地陪着你。

诚如顾城的诗写的那样："我多么希望，有一个门口，早晨，阳光照在草上，我们站着，扶着自己的门窗。门很低，但太阳是明亮的。草在结它的种子，风在摇它的叶子，我们站着，不说话，就十分美好。"

相似的人适合玩闹，互补的人才能终老

双鱼是个慢热的星座，表面看起来朋友很多，但真正令他挂念和在乎的或许只有那几个人而已。

双鱼对爱情执着，也习惯追随。恋人是水，他就是鱼；恋人是天空，他就是白云。

让人着急的是，有些爱情还没有开始，双鱼就已经想出了十万八千种结局。

你好像瘦了，头发也变长了，
背影陌生到让我觉得，见你是上个世纪的事，
然后你开口叫我名字，我就想笑，
好像自己刚刚放学，只在校门口等了你五分钟而已。

两个人之间，合适的，就是互相修缮对方的人生；不合适的，就是互相打劫对方的人生。

真正有感觉、能携手终生的人，不会从天上掉下来的，你不能站在原地等待，而要主动地往前走，主动去寻找。

是的，这个过程当中，你一定会遇到一些让自己伤心、难过、不开心的事情，你不用太在意，那些都是一个必经的过程。走过它，你就会看见那个你真正有感觉的人。

合适的人，也许就是“刚刚好” 。脾气刚好互补，会吵架会斗嘴却让彼此明白：对方根本不会走，没有谁单方面对谁好，会把彼此放在心里。

你最初喜欢上的，也许是他淡淡微笑的表情，是他与众不同的才华，后来你爱上的，却是那个永远洋溢着生命色彩的灵魂。

你喜欢和这样的灵魂碰撞、交流，因为他会使你的心境变

得更加淡雅、迷人。有时你会怀疑这个人是不是另一个自己，因为在反复的碰撞里，你发觉他是那么贴近自己的心灵，你们之间竟然有着如此之深的默契。

所谓合适，是指要碰上那个你能降得住，又能降得住你的人。

喜不喜欢，爱不爱，合不合适，在不在一起，住不住一块，有没有名分，能不能过下去，是七件事。

做到第一件是缘分，第二件是真心，第三件是走心，第四件是想继续，第五件是愿意袒露一切，第六件是看彼此值不值，而第七件则是靠命。

事实上，我们能完成一半，就应该感谢自己好命了。

一份真正的爱，不是觉得累了就放手，不是觉得不合适就分开，是即使再累也想在一起，即使不合适也想努力争取。

累是因为在乎，不合适是因为爱得不够，真正的爱没有那么多借口。

你无数次为之陷入迷离的梦境，也想知道他此刻的心里是不是一样装着你。

这个世界上有太多事情，外人一眼就能看出合适或不合适，为什么还会有那么多人仍要花很多时间，争取很多机会，一次又一次去尝试？这个过程有可能是为了向别人证明你有多好，也有可能是为了证明自己真的不合适。

不是所有事都可以靠时间获得成功。有的事，只能靠时间去承认失败，靠时间去接纳失去。

人们总觉得，在未来会遇到更合适的人，但最适合你的那个人也许就在你面前，或者就在你身边。你也曾以为，那个人是永远在那儿的，但就是会有那么一天，一转眼，一切都变了。

其实，两个人适不适合的前提不是长相，不是门当户对，而是是否适合。是否能在最无助和软弱的时候、沮丧和落魄的时候，有他能托起你的下巴，扳直你的脊梁，让你愿意变好、变强大……

这时候，你和他之间的感情，除了爱，还有肝胆相照的义气、不离不弃的默契，以及刻骨铭心的爱情。

第二辑

用一杯水的单纯，面对一辈子的复杂

双鱼对这个世界总是带着乐观的眼光，他单纯、天真，甚至有些幼稚，正是因为如此，他相信童话，也相信这个世界上的人和事多数是美好的。

他的天真想法都是来源于他对这个世界没有太多的认识，因为他讨厌人情世故，他最希望的就是自己过得无忧无虑。

双鱼的傻和天真，也确实给他的生活带来了很多乐趣，当然也不可避免地带来了伤害。

你那么傻，连伤害都不怕

双鱼最让人爱和最让人担心的就是天真。他认为，世界就是自己看到的那样：黑就是黑，白就是白。

双鱼的单纯与善良是深入骨子里的，他很容易相信一个人，相信一份感情，哪怕是在伤害之后，双鱼依旧是属于好了伤疤忘了疼的那一种。

但实际上，双鱼早就把痛心的感受吞进了自己的灵魂里，他们只折磨着自己，要知道，一点点跟伤痛有关的事物，都可以刺伤双鱼的心。双鱼不是不知道疼，而是更愿意相信美好。

只有幼稚的人，才能改变这个世界，
因为他们幼稚到，完全不懂得害怕。

有时，爱也是一种伤害。残忍的人选择伤害别人，善良的人选择伤害自己。

其实在这个世界上，并没有什么是一定可以伤害到你的事情。而你那么傻，天真得连伤害都不怕。

天真的人终究会多受一些伤害。所以当爱情缺席、好运迟到的时候，你要学着过自己的生活。过自己的生活，就是跟自己谈恋爱，把自己当成自己的情人那样，好好宠自己。

一个人的成熟，在思想里。一个人的天真，在眼神里。

成熟和天真，并非一对矛盾。

伤害，都是你爱的人给你的，你不爱的人压根儿给不了你伤害。深情，也是你爱的人给你的，不爱你的人也给不了你深情。

伤害总是和深情在一起，我们往往伤不着不相干的人，就转而去伤身边最爱你的人。

爱得越深，伤得就越重，这里面除了别人的背离或改变，还有自己的固执与不变。可又有多少深情最终能抵得过伤害？只怕剩下的很多都是在忍耐。

当我们一次次地用幼稚、冲动、忍不住等托词，去为自己的糊涂、自私、残忍、混蛋做解释的时候，可曾想过那被我们伤过的心有过怎样的绝望？怎样的痛不欲生？又或许再也见不到天日了。

伤害多了，深情就会被扯成无数块去补来补去，到头来当然还是千疮百孔。

有些难过不能诉说，没人能了解此间的苦痛挣扎；有些离散像个玩笑，事后谁都笑不起来；有些过失无法弥补，只能在别处的生活里静静偿还；有些愧疚来得毫无意义，伤过的人早已不想知道。

当深情难抵伤害，大家就会无言，连眼泪都是冰凉的刀片，流过的地方就划出血痕一片。于是，不哭，不说，不怨，也不再为那个人深情期盼，伤害才能慢慢地尽数释怀。

不要问为什么，真相总比你想象的残酷，即便避免不了疼痛难当，也可以举步离开，背过身去挺过伤害。有时候，一个人的日子你之所以会害怕，不是因为一个人不能好好过，而是因为担心不会再有人来爱自己。而爱情，是一场遇见，遇不到的时候，你也总该在遇见的路上等待。

并不奇怪生活里会发生各种各样的情感事件，当事人都认为自己是天底下最伤心的那一个的时候，其实有过之而无不及的大有人在，人性本就脆弱而薄凉，情感又怎么可能逃得脱伤害？

只是，就算有人已经变得悲观，但依旧主张做个乐观的悲观主义者，发掘生活的美好，珍惜点滴的真爱，善待过往的悲欢，留住心底的温暖。

即便深情难抵伤害，也坚持着不用伤害去轮番上演聚散纠缠，有些事情可以到此为止，不再言谈。

其实，只要你足够冷酷，足够漠然，对一切事情都可以不在乎；只要你慢慢地把自己的心打磨成一粒光华坚硬的石子，只要你把自己当作已经死了，那么，这个世界上，就再也没有东西可以伤害到你了。

但是我们越长大，越知道做事不容易，越知道每个人都有难处，也就越不敢随随便便地瞧不起谁，以免不小心伤害了其他人。

这当然不是粉饰，更不是虚伪，而是懂得了体谅和温柔，温柔地和这个世界相处。

天真的人，不代表没有见过世界的黑暗，恰恰因为见到过，才知道天真的好。

空有天真而毫无实力，这份天真便毫无意义，只不过是送到狼口边的肥肉而已。越是天真，越需要自身强大的力量去维护它。

用一杯水的单纯，面对一辈子的复杂

双鱼的左眼是诗歌，右眼是童话。左眼是对世俗的美好憧憬，右眼是对人性的良性期待，以至于双鱼时常忘记其实生命都是由各种各样的缺憾组成的，因为双鱼忘记了这些缺憾，所以很美好。

双鱼迷糊的个性让别人很愿意亲近他，加上天真烂漫的性格，只要摆出一副温顺的模样，就会有很多人围绕在他身边。值得一提的是，面对这个繁杂的世界，双鱼表现出的天真和单纯显得尤为珍贵。

宁愿像个孩子，
不肯看太多的事，
听太多的不是，
单纯一辈子。

什么时候我们开始无法像孩子一样肆意地大呼小叫了？心里的小情绪堆积得像山一样高，直到溢出来。

与其如此，不如永远像孩子一样。

谁不想永远天真，一双眸子晶亮。再年轻的容颜有一天也会如暗夜星空那样晦暗下来，而内心的天真却是可以如一朵出水芙蓉。

不管你有多么真诚，遇到怀疑你的人，你就是谎言；不管你有多么单纯，遇到复杂的人，你就是有心计；不管你有多么天真，遇到现实的人，你就是笑话；不管你多么专业，遇到不懂的人，你就是空白。不是你不够好，而是你没有遇对人；别太在乎别人对你的评价，你只需做最好的自己。

在钢筋水泥的森林里，跑着无数的甲壳虫，无数耀眼的光亮，构成人间的虹，浮华久了，我们渴望单纯、渴望宁静。

其实，用不着追寻，我们身边就有单纯的人，我们自己就有单纯的心。

茫茫人世间，谁没有一尘不染的渴求？谁没有远走高飞的期盼？谁没有站在人群里却感到惶恐？谁没有直达心底的忧伤？谁没有撒过透明的谎？

平静的生活就像一杯白开水，喝起来淡而无味，却不知道正是它的纯净无瑕才让我们的生命幸福。我们要用一杯水的单纯，去面对一辈子的繁杂。

单纯究竟会是一副什么模样？是似曾相识？抑或是闻所未闻？

我们只是想用单纯来拨开心灵中潜滋暗长的水草，让心跳不再紊乱，变得极其规律；让生命中的色彩被它渲染得更加鲜活，不再单调空泛。

也许，真正单纯的人会把单纯这种不可多得的品质，视为生活中最寻常的一种状态，因为它会带给自己秘而不宣的安闲，而不是哗众取宠的工具。

人们感到百无聊赖和浮躁不安，是因为丢失了真正的自己，只遗下影痕犹在，又怎能不觉得空虚乏力呢？

这个嘈杂的城市，有不计其数的流行的方向，流行的物质、流行的观念，似乎不再存有匮乏的空间，可你的心，为何还是混混沌沌如乱麻缠绕？

成长的路上，你越走越迷茫，自己真正需要的，到底是一种闪闪发光的东西为自己指明方向，是激荡的音乐、明朗的文字、一个人，还是某种哲理？

后来你才明白，你需要的是能让你心平气和、远离焦躁的力量，然后，这种力量能够积蓄满溢的斗志，好整以暇地去面对未来的每一天。

成长的路上无奇不有，路边的风景日新月异。单纯的人只是很纯粹地想好好度过每一天，走在温煦柔甜的春风里，任凭阳光白花花地洒满地面，照射到心房里，倏然间就会感觉到暖意融融。

做一个如此单纯的人，就能活得平静、自在，有一种无法描绘的飘逸，和一种无法言说的洒脱，让人一见之下就心悦诚服，忍不住想亲近……

做一个如此单纯的人，看上去是那样的平凡无奇，但其实充盈着宁静的快乐，仿佛人生道路中铺满了彩锦与鲜花，没有理由整日里眉头深锁、笑容隐匿。

其实，单纯或许极其简单，它可以是快乐时微微的颤动，它可以是开怀大笑时感动的泪水，它可以对人生的起伏悲喜坦然安详……

如果可以，我们不要用看似美好的笑容来掩饰自己的悲伤；如果可以，我们不要用歪曲自卑的想法，来苛责他人的行为；如果可以，我们希望我们可以单纯得像小孩子，很乖巧却成熟。

我们已不可避免地长大，不知道单纯下去会有什么坏处，但相信生活仍会容纳我们，会容纳形形色色的人。

如果可以，这样很好。

你太孩子气，小心眼又不讲理

双鱼很多时候矫情，只是想让别人在乎自己。可一不小心过头了，矫情就变成“烦人”。双鱼心里也会自责，但又不想解释，觉得懂自己的人自然能懂，可越不解释，误会就越多，在别人的眼里就更加烦人，恶性循环。

人们只要在双鱼一开始有点小矫情的时候陪他按剧本演演就没事了，双鱼就得往甜里哄。

看见双鱼的孩子气时，请不要指责他幼稚，他的孩子气只会展现在最在乎的人面前，这时候的他是最可爱、最纯真的。

其实孩子气也没什么不好。
人总有一天会长大，
何必成熟太早、失去太早。

别说自己整天笑哈哈的没心没肺，你只是不想以悲戚的表情面对生活；别说自己不懂人心险恶，对谁都一样，你只是不想带着怀疑与防备的心对待身边的人。

别说自己总是像孩子一般，整天无忧无虑的，你只是不想丢失最初的快乐；别总说自己很强，其实你只是希望自己变得勇敢而独立。

所以，你成长，要继续带着孩子气，这样才不会在路途中迷失。

你太孩子气，小心眼又不讲理，没关系，因为生活都会依着你。

单纯的人也许傻，复杂的人才会蠢。单纯的人做出使自己吃亏的事，是因为轻信别人的善良，称之为傻。复杂的人做出使自己吃亏的事，是因为高估自己的精明，称之为蠢。都出了错，傻情有可原，蠢罪有应得。都有可笑之处，傻不失可爱，蠢却可恨。

突然就明白了，理解了，不再责怪了。轻易地放弃年少时的感情也好，多情得看似滥情也好，不过是想追寻幸福而已，这样单纯孩子气的愿望，谁能忍心责怪呢？

开心了可以肆无忌惮地笑，难过了可以歇斯底里地哭，不知愁滋味，不用担责备，不会为别人心碎，不知人间苦累。

人总是会在生活中学会如何伪装自己，我们称之为成熟，或者城府。

你还记得小学时候看安徒生童话，读到《皇帝的新装》中那个小孩指着傻乎乎的皇帝说“哈，他没穿衣服”的时候，欢乐得不可开交的情景吗？

你还记得在高中的时候写一篇题为《诚实的代价》的作文时，你会去思考戳穿那个遮羞布般的谎言到底对不对的往事吗？

如今的你，还是想大声地说出实话：“哈，他没穿衣服！”而理智的你总是会提醒自己淡定。于是，你慢慢地便被理性淹没了，应了那句话——大人的世界里没有童话。

回过头来想想，你是多羡慕那个孩子气的自己，任何时候总是不加粉饰，像夏初尖尖的荷角，生机勃勃。

于是你终于明白，岁月沉淀下来的只是垢，洗不净刮不掉，慢慢地也就和自己融为一体不分彼此了，而最清亮的则是那缓缓蒸发的似水流年，留不住还挽不回，也只好轻叹一声听之任之。

很多个早上，睡梦中总是会有那个孩子气的你清脆地大叫：“哈，他没穿衣服!”可一觉醒来，你还是长大了。

你慢慢长大，烦恼越来越多，有时候还会抱怨。其实这个时候小孩子往往才是你的老师，头发抹一抹、深呼吸、转脸、微笑，烦恼就都没有了！你看，孩子气竟是一款治愈烦恼的特效药。

当你能够单独地享受你自己，在单独中感到喜乐，你就成熟了。在这之前，你仍然保持着孩子气，你仍然迷恋于各式各样的玩具。

青春不是明媚的忧伤，只是偶尔风雨兼程，只是偶尔相遇又失去，只是偶尔孩子气……仅此而已。

在感情世界里，真爱，就是让你回到孩童时代。所以，恋爱中的人，经常说的是幼稚的话，那些话，假如你录下来去听，自己可能都会被恶心到，但那正是在爱中的你自己；最好的朋友，经常做的事情是幼稚的，当你回头想想，那竟是最快乐的事。

爱就是孩子气，就是安全到弱智的心境，爱从来不扮演智者。如果他爱你，他就会变成孩子，否则就不是爱。不论是爱情还是友情，都是如此。

没人会在意你过去的那些幼稚与慌张，你的孤独与惆怅；没人会责备你的年幼与无知，你的不羁与张狂。时光荏苒，是那些经历教会我们成长，也是那些幼稚让我们更显珍贵。

我 就 是 因 为 幼 稚 ，
才 会 喜 欢 你 那 么 久

双鱼是最天真和浪漫的星座。天真既是双鱼座的优点，也是双鱼的缺点。优点在于他是那么的美好，但是缺点是他常常因为错误的估计而给周围人带来麻烦。

双鱼的所有亲朋好友都要随时做好给双鱼座“善后”的心理准备，因为双鱼座的闯祸能力实在是太强大了。

因为双鱼座的浪漫天真，他在对待感情时会表现得很固执，这种固执出现在“相爱”时，便是天长地久的美好，出现在“单恋”时，就是死不放手的执着。

那时的你，爱上他，绝不是爱他的物质实力，因为你还不懂什么叫现实；那时的你，爱上他，就是爱他这个人，毫无杂质，单纯而完美的爱情。

那时的你，爱上他，是在用自己最美好的青春岁月去换一个和他的未来；那时的你，爱上他，必是用尽了全身的力气，不顾一切地去爱。

你把一生最美好的时光用来爱他，你把一生最单纯的爱献给了他，你用自己最美丽的岁月来陪伴他。因为他一定是你真正爱的人。

以后的岁月，你会明白，你很难再去如此单纯地爱上一个人。

后来的你知道，一个人爱你的时候，你撒娇是亲昵，索取是信任，哭是楚楚可怜，就连你牙缝间有韭菜花，他都能把你比喻成天真烂漫；而当他一旦不爱你，撒娇是无理取闹，索取是过于贪婪，哭是矫情软弱，就连你勤俭节约都叫小气没情调。

就是因为不爱了而已，才披上美丽的借口——根本与你怎么表现无关。

后来的你知道，“好感”是最不靠谱也最不理智的直观感觉，所以不要因为对一个并不熟悉的人产生了好感，而轻易地把对方归类于亲密无间的“自己人”，因为这世上有许多人都戴着同一张和善的面具，在各种不同的场合逢场作戏。

若天真地仅凭对一个人的“好感”去定义一个并不熟悉的人，那么危险将与你同在。

也许你还是会在某个夜晚将他想起，但他已不再是你当年喜欢的在晨雾中打球的男生，如今的他，也许换上西装，正熟练地吐着烟圈，和身边形形色色的人说笑打趣……

什么变了你已经说不清，只是再也不会有那么一个人，在打完球后满身汗地走向你，而当时的你，非但没有嫌弃，反而心跳不已。

请铭记你在最单纯的年纪爱上的那个人。

那时候的你肯定正值花季，是一个人刚刚明白了什么叫“喜欢”、什么叫“爱”的时候，也是一个人最青春阳光的时候，还是一个人对爱情最真诚、最执着的时候。

如果你在那时爱上了一个人，那么，请你铭记他的脸，因为你可能需要用一辈子去忘记这张脸。

那时的你，不会明白什么叫作门当户对；不会想到什么是“潜力股”，也不会觉得面包比玫瑰浪漫。

如果说，每个人都有做梦的年龄，那么，那时的你在自己的梦中都是幸福的“孩子”，有幸福的生活。因为那时的你必定会用尽全身力气去爱，哪怕只换来半生回忆。

对于成熟的人来说，十年八年不过是指缝间的事，而对于年轻的人而言，三年五载都算得上是一生一世。

所以，趁你还年轻，可以毫无保留地为爱付出；趁你还无知，可以完完全全地奉献自己；趁你还天真，可以相信爱一个人是一辈子的事的时候，好好地、认真地爱一次吧。

或许，正是因为你的幼稚，才会喜欢一个人那么久；也是因为你的幼稚，你才会在记忆里徘徊那么久；也是因为你的幼稚，那段仓促的相遇，才会那么美、那么难忘。

请你用善意的心情去理解那场相遇，这样也会让自己的心单纯美好起来：这一生曾经有他纵容过自己的天真、幼稚和单纯，可以每天一起努力、一起成长、在夕阳下散步，那时候空气很干净，风很透明，光很温暖。

如此一来，你就再也不会后悔曾那么幼稚地爱过一个人。

越单纯，越幸福

双鱼在生气的时候会说出很难听的话去伤害对方，试图维护自己所谓的面子，等到冷静下来回想自己的行为和语言时，又会懊恼不已。双鱼总在伤害，总在反思，总在后悔。

双鱼的心不是坏的，但是总在最后弄巧成拙。请原谅这样的双鱼。

小笨蛋的单纯加疯子的固执，这便是双鱼。

向日葵告诉我，
只要面对着阳光努力向上，
日子就会变得单纯而美好。
越单纯，越幸福。
单纯的人，就应该被单纯地对待。

一生只谈一次恋爱是最好的：经历得太多了，会麻木；分离多了，会习惯；换恋人多了，会比较；到最后，你不会再相信爱情。

其实，对于爱情，越单纯，越幸福！

不要认为后面还有更好的，要相信现在拥有的就是最好的；不要因为距离太远而放弃，爱情是可以和你一起坐火车的。

不要因为对方不富裕而放弃，只要不是无能的人，勤劳可以让你们富裕的；不要因为父母反对而放弃，你会发现因为这个原因而放弃的爱情，将成为你一生的悔恨。

爱情就像等巴士，有时你觉得驶来的巴士好旧，不肯上；有时你想巴士里面可能没空调，又不肯上；有时你又觉得人多，还是不愿意上。等到天都黑了，心也急了，一见巴士来了，就跳上去，结果却搭错车了，不仅浪费了时间，还辜负了缘分。

真正的爱情，不是付出全部，而是让自己成为更好的人。最好的爱情，往往就是在你身边最久的，不骗你，不伤害你。

如果知道自己想要的是什么，那么面对选择就会变得容易。想要的太多，往往难以达到完美。

年少时候能够因为吃到梦寐已求的香草冰激凌而雀跃的情感，如果能够在长大后，依旧会在拥有了某件想要的东西之后，满心欢喜地感谢，也许，那些久违的快乐便会轻而易举地被你抓在手心里。

对于生活，越单纯，就越快乐。

这份单纯，是对自己所做事情的乐观和坚定。不因别人的否定而动摇，不为外界的干扰所迷惑，发自内心地相信自己能成功，坚持下去，往往会有好结果。

那些在年少的时候希望拥有的东西，已经渐渐地成为了现实。比如漂亮的衣服、精致的首饰、整面墙的书橱、在街角的咖啡馆里很有情调地小坐。

当满心以为终于拥有了自己想要的东西而感到心满意足的时候，才发现缺失的是一直拥有却为了长大而舍弃的某种情感。

十五六岁的时候，会相信任何事情，哪怕那些看起来明明就是谎言的神话，也会蠢蠢地坚信不疑。

那些因为相信所以快乐的事，即便是不存在的，也不妨碍因为满足了心底最单纯的需要而感到的快乐。

这个世界的真实，往往比它呈现给我们的要糟糕。比如看似秉公办事的老板可能背后一屁股猫腻儿，对你掏心掏肺的同事也可能黑过你很多次，这些令人灰心丧气的事情，会严重打击你的积极性，让你丧失“很猛很持久地干下去”的蛮劲儿。其实看透还不如看不透。那还不如天真一点，相信事情表面的美好。

若一个人完全丧失了这种单纯，丧失了这种相信，他是没办法让自己全心投入、全力以赴的。就像演一出戏，你总是一边演一边想这是假的，演对手戏的演员是在装模作样，导演私底下给谁加了片酬，这戏就没法演了。

人太单纯会栽跟头，而太不单纯，就很难走得远、很难走得快乐。

太多的情话让人矫情，太多的哲理让人麻木，太多的现实让人显得世故。单纯，是多么的奢侈。

时间在走，年龄在长。懂得多了，看透的多了，快乐越来越少了。人们都一样，怀念那些年，未来遥远得没有形状，而我们单纯得没有烦恼。

所以，真没必要把自己修炼成一个百毒不侵的球，不妨在身上留下那么一份单纯和天真，对未来有所相信、有所秉持、有所期待，带着一点点理想化的色彩去做该做的事，这样的人生不但更光明，而且更有趣。

把最单纯的自己，
留在最美的时光里

双鱼是最复杂的星座。没有哪个星座不可以一言以蔽之去形容，唯有双鱼做不到。他在不同的状态下可以像任何一个星座。

感情受伤时他像巨蟹，但会像天蝎一样报复，甚至比天蝎持久；社交风格有天秤的风采，但更亲和；谦虚和受虐很像处女；有金牛一样的欲望，但深藏不露；像双子一样轻快冷漠，也有射手一样纯真的理想。

多希望我只是个孩子，
给颗糖就笑，摔倒了就哭。
不用伪装到面目全非，
不用压抑自己的心情，
可有个词叫现实。

你觉得一个人单纯，那是因为你单纯；你觉得一个人善良，那是因为你善良；你觉得一个人有趣，那是因为你有趣；你觉得一个人天真，那是因为你天真。

你单纯、善良、天真、有趣，命运又怎么可能会刁难你？你拥有什么，才能看见什么；你是谁，才会遇见谁。

长大是一件可怕的事，渐渐地迷失了本性。但不可否认的是，我们路过这段时光，并留下了自己最难忘的时刻。

青春，一旦错过，便成永远的遗憾。所以我们一如既往，要做自己喜欢的。

实际上每个人都害怕和世故的人交朋友，总感觉不知道哪一天会为什么利益插你一刀。这么大的世界，一颗纯真的心遇到另一颗纯真的心是多么难得和奇妙啊！

一个人，生活可以变好，也可以变坏；可以活得久，也可以早逝；可以做一个艺术家，也可以做一个木匠，没有多大区别。

但是有一点，就是他不能面目全非，他不能说鬼话、说谎言，他不能在醒来的时候看见自己觉得不堪入目。一个人应该活得是自己，单纯、干净。

在爱情还没有萌芽时，你就朦胧地恋爱了，单纯地以为喜欢便是爱情。那时的你无知、单纯、不顾一切、年少轻狂，所以受伤了。可是少年的你总是那么的无畏，总有置之死地而后生的勇气。

如果说这些伤害带给你的是对感情的越来越成熟，那么此时你是否该感谢那些带给你伤害的人？

青春像璀璨的烟花，美好而短暂，让人措手不及；青春在荒芜的生命旅程中绽放，像一朵不可方物的奇葩；青春像疾驰而过的列车，只留下刺耳的鸣笛声在空旷的山野中盘旋回荡。

多么想将青春留住，将最初的美好定格，

可是世界那么大，以至于你无法看清它的样貌，年轻的你该怎样去选择那本不属于你的悲伤？

郭敬明说：青春是一道明媚的伤。如果悲伤不经意闯进了你的心里，那么不要慌张，不要害怕，请以微笑面对它，那是成长中不可避免的因素，只有接受了它，你才会长大，才会变得坚强成熟。

每个人走过的青春里都有一场属于自己的悲伤邂逅。那段时光，那群少年，那些青葱琐碎事。

世间太复杂，你能记住的都是关于自己的那一段隐秘时光。虽然有喜有悲，有甜蜜，有酸涩，但那些关于你年轻的心的行程值得你去回忆！

你整天为明天而担忧，为感情而伤怀，像一群群没有灵魂的苍蝇，喧闹着，躁动着，听不到灵魂深处的声音。

时光流逝，童年远去，你渐渐长大，岁月带走了许许多多的回忆，也销蚀了心底曾经拥有的那份童稚的纯真，你任由心灵桎梏，沉溺于人世浮华，专注于利益法则，于是，你把自己弄丢了。

永远不要放弃你真正想要的东西。喜欢纯真的眼睛，那是一泓清澈的泉水，源自洁净，一尘不染；喜欢纯真的笑容，那是一束灿烂的花朵，源自内心，自然清爽；喜欢纯真的心灵，那是一页洁白的信笺，源自善良，质朴无瑕。

如此，蓦然回首时留给自己的才是最本质的东西，最纯真的情怀！

愿每个人，都把最单纯的自己，留在最美的时光里。

每一个矜持淡定的现在，都有一个很傻很天真的曾经

双鱼的玻璃心分不清是好还是坏，当他在乎一个人的时候，就会觉得自己很卑微，配不上那个人。想太多了就导致最后什么都说不出来，只好默默地关注着，此时的双鱼不会有什么伤害，但是也不会得到什么。

双鱼是一个非常单纯的星座，一般很少有自己的欲望，往往天真地把一切想得过于美好，因此毫无防备地把自己的全部都展现出来，“用心去与人沟通”说的就是双鱼这种傻得出奇的个性。

每一个懂事淡定的现在，
都有一个很傻很天真的过去；
每一个温暖而淡然的如今，
都有一个悲伤而不安的曾经。

多疑的人也曾单纯过，现实的人也曾天真过。

很多的委屈从说不得，变成了不必说。你曾以为有些事，不说是个结，揭开是块疤，可当多年后你揭开疤，也许会发现那里早已开出一朵花。

那些曾经能让你受伤的地方，后来一定会变成你最强壮的地方；那些曾经让你最难过的事，终有一天你会笑着说出来。成长的意义其实是要告诉你，一切你认为过不去的坎最终都会过去，一切你认为好不了的伤口最后一定都会好起来。

到了一定的年龄，你就慢慢懂得了一些残酷。当你有心事，却找不到一只聆听的耳朵，就知道自己已被迫进入了成人社会。快乐可以拿出来晒晒，却把悲伤留给自己。这是成人礼的训条。

还是怀念那时纯真的自己，后来，岁月骗走了天真，名利打败了无邪，纯真年代再难来。

亲爱的朋友，每一个受过伤、想要尽快忘怀、告诉自己要立即坚强起来的朋友，每一个曾深陷痛楚、固执得想要马上挣脱的朋友，每一个总想要逞强的朋友：我知道，深陷痛楚，你一定会不停地告诉自己要坚强，要原地满血复活，要忘记所有过去，你恨不得一觉醒来便重新笑靥如花、元气满满。

可我想告诉你的是，有时候，那是偏执的坚强，那是固执的倔强。你会因为太急于恢复而再一次伤害自己。

长大后的你要学会接受自己的脆弱和不堪，会流泪，会失望，允许自己懦弱，允许自己不知所措，放过那个一时软弱的自己，放过那个一时不堪的自己，给自己一点时间，给自己一些期限，你会在不知不觉中获得生命里最安静的坚强、最自然的坚韧。

有些时候，你越想逞强，痛楚越会将你拽入更深的旋涡；越想忘记，回忆越会来得汹涌；越是想要马上度过，越会将痛苦拉长。

就像深陷沼泽，越是挣扎摆脱，越会陷得更深，最后无法自拔。

自顾自地逞强，有时只会让一个人前方的路越走越窄，如同遇到鬼打墙般陷入自己铸就的围城再也走不出来，直到把自己锁死。

你要相信，总有一天，你在成长路上的那些经历，那些曾持续数年里每晚刻骨的痛苦、切肤的折磨，后来都能轻描淡写地笑着说出来。

当你发现那些曾经让自己最难过的事终于有一天可以笑着说出来时，也便真的明白了成长的意义。到那时，你就不会再怨天尤人，而只是感谢，因为它们都是独属于你的成长道路上的宝藏。

你可以继续相信爱情，但别太轻易把心交出去，因为谁都不敢保证回来的时候是不是伤痕累累；你可以不再天真，但一定要善良，像孩子一样善意和宽容，然后让自己变得更好。

总有一天，你会坦然地从回忆里默默地走开，不带任何声响，就算你已经错过了很多，就算你总是一个人难过，但请你记住，总有一天，这些都会面目全非。时光没有教会你任何东西，却教会了你不要轻易去相信承诺。

如今回头再看当初那些深陷痛楚的日子，那时的自己因为总想要逞强，尽快脱离命运和痛楚的旋涡，可结果却越陷越深，明明是抗争，实际却在削弱自己的能量，越想逞强，痛楚越缠绕在身旁。

如果此时的你正年少，那么请不要在十字路口迷茫地徘徊，请找到自己的方向，勇敢地面对生活。如果悲伤了，找一个无人的街角，把悲伤埋在那里，再给它一个微笑，然后转身离开。一定不要做矫情的人，青春没有暂停键，过去了就后会无期了。

第三辑

人前没心没肺地笑，人后独居寂寞城堡

双鱼是个不会说话的星座，笨笨的、傻傻的、呆呆的。双鱼一旦沉浸在自己的戏份里，就能够自导自演一出浪漫舞台剧，把别人感动之前，自己先哭成一片海。

在感情世界里，双鱼的双重性格显得尤为突兀，他可以在一瞬间想通了、释然了，但在下一秒又想不通了，双鱼每天都处在这样不停的循环中。

还在努力爱着，只是没了非在一起的执着

双鱼的容忍度太高了，明明已看清了真相，明明知道那个人根本不值得爱，明明自己已经被欺骗了千次万次，只要仍能感到对方对自己有一丝的爱，对方仍懂得回头，就什么都能忍受，会继续去爱对方。

天生温柔体贴的双鱼，请你记住，你自己是值得让一个人好好去爱的，放开那个不对的人吧，让自己活得快乐一点。

如果当初你勇敢，结局是不是不一样；
如果当时你坚持，回忆会不会不这样？

其实你是单薄的，情绪来的时候身子还是会一阵酸麻。你是忘了那些个长满荆棘的神经在心脏撕开一道口子后，如同千军万马抓挠你每个血管的日子了吗？

你总是这样，好了伤疤忘了疼。早该收起那颗滚烫炽热不安分的心了。像以前那样不好吗？套上一层盔甲，把自己当作冷血无情的战士，在天地间闯荡，无惧无畏。

痛过，才知道如何保护自己；哭过，才知道心痛是什么感觉；傻过，才知道应适时地坚持与放弃；爱过，才知道自己其实很脆弱。其实，生活并不需要无谓的执着，没有什么真的不能割舍。

当有一天，让熟悉的风景忽然走远，只在心扉留下美丽而又彻骨的遗憾。彼此背向而行的身影，化作天际最平凡的两颗星宿，在他的眼睛里，再也找不到你的一切。

大部分痛苦，都是不肯离场的结果，没有命定的不幸，只有死不放手的执着。

每个人都渴望自己的一生中有一场盛大的遇见，渴望在这场遇见里毫无保留地燃烧自己，哪怕最终如烟花盛放转瞬即灭，毕竟你曾经那么用心用情地投入过。

无缘的人不会相遇，无分的人不会走进彼此的心底，爱过的人永远不会遗忘。也许曾习惯了那个人的陪伴，习惯了他的声音，你的骄傲、坚强常常在他面前一败涂地、不堪一击。

当匆匆地来去变成了人生的常态，岁月的褶皱里，藏着多少你在午夜哭泣的声音？

命运常常开着各式各样的玩笑，你期待谁，谁就会离你越远；你迷恋谁，谁就会伤你最深。

美丽的故事都已发生，刻骨的思念无数次打湿了你的心房。你那么爱一个人，那个人却不是你的结局。

每次回头看风景，若隐若现着一个爱过的心疼的容颜，曾经的故事里的美丽与哀愁，只能默默地咀嚼，却不能道破。

爱情那么短，而回忆却那么长。你跋涉了那么久，却迟迟走不出有他的记忆。

当你以为一切终会走远，午夜的思绪里一切又偏偏来到你的身边。而那些珍贵的往事，只有在你翻阅旧照片的时候，才真正感觉到它们如同梦一般的来过。

你终究还是释怀了，不求他深深地记你一辈子，只求在你们相遇的时刻，彼此曾真心相爱过。

如果可以哭，你也不想忍；如果可以自私，你也不想退让；如果可以懦弱，你也不想坚强；如果可以放手，你也不想继续执着……但遗憾的是：你做不到“如果”的事。

人生，一半是现实，一半是梦想；爱情，一半是缘分，一半是执着。

爱情是两情相悦的事，如果你还执着着、纠缠着，原地打滚痛苦地爱着，时过境迁之后，你会发现，是自己挖了坑，下面埋葬的全部都是青春。

你想要爱，那么先要学会爱自己。

时间可以改变很多东西，比如曾经的“我

爱你”“只爱你”以及执着地“只想和你在一起”，变成了如今不痛不痒的一句“好久不见”。

其实你不需要隐瞒任何人，也不必隐藏你还爱着他的事实，只是你知道，你虽然还爱他，却少了非要在一起的执着，也许再过一段时间，你仅仅只是会偶然想起他了。

经历一场离别，积淀一段成长。不再回忆过去，不再担心未来。有些时候感觉心里冷冷清清，有些人请不进来，有些人不让进来。有时候你可以看得很淡然，有时候你却执着得有些不堪。

也许一个人最好的样子就是静一点，哪怕一个人生活，穿越一个又一个城市，走过一条又一条街道，仰望一片又一片天空，见证一场又一场离别。然后淡下来，于是终于可以坦然地说：“我终于不那么执着了。”

about，幸运

数字：5　7　8

颜色：银灰　海蓝

星期：星期四

场所：海边俱乐部
咖啡馆　剧场

旅居国及地区：
法国　意大利　萨摩亚群岛
澳大利亚

爱好：帆板　划船　钓鱼　游泳

花卉：紫罗兰　金鱼花
鸢尾花

方位：东南偏东向
东北偏北向

失去的，
会以另一种方式归来

双鱼是真的不强势，有着当红花的本领，却偏偏喜欢做绿叶。

双鱼天生就带着双面性格，追求目标和恋人时，可能表现出极大的热情，然而一旦认准了这个目标和这个人不可能属于自己，双鱼也会表现得很淡定、很理性。

当双鱼分析透彻，并得到证明，他就会头也不回地转身离开。双鱼决定了的事情多数不会后悔，正如他的座右铭："泼出去的水，我连盆都不要。"

放得下就不孤独，站得远些就清楚；
不幻想就没感触，不期待就不在乎。

这么多年，其实你一直都在学习一件事情，就是不回头，只为自己没有做过的事情后悔，不为自己做过的事情后悔。

人生每一步行来，都是需要付出代价的。你得到了你想要的一些，失去了你不想失去的一些。可这世上芸芸众生，谁又不是这样呢？

从小你就懂得保护自己，你知道要想不被人拒绝，最好的办法就是先拒绝别人。

现在你更加懂得保护自己，你知道要想不被糟糕的爱情所伤，最好的办法就是让它成为过去。

当明天变成了今天，今天成为了昨天，最后成为记忆里不再重要的某一天，你突然发现，自己在不知不觉中，已被时间推着向前走，这不是在静止的火车里，与相邻列车交错时，仿佛自己在前进的错觉，而是你真的在成长，在故事里长成了另一个自己。

也许一个人，要走过很多的路，经历过生命中无数突如其来的繁华和苍凉后，才会变得成熟。

有些事，发生了就只能接受；有些人，失去了就只有放手；有些路，选择了就没得回头。人生就是这样无奈。当你看破一切的时候，才知道，原来失去比拥有更踏实。

有些痛，忍忍就过了；有些麻烦，忍忍就解决了；有些话，忍忍就不想说了；有些爱，忍忍就不想爱了；有些人，忍忍就不想等了。

你的努力，别人不一定放在眼里；你的不努力，别人却一定放在心里。

很多美好的东西，都是等来的，不是抢来的，而等待需要耐心。失去耐心之时，也是你与幸福擦肩而过的时候。有耐心的人，往往能笑到最后。

享受生活中每一件小事情，因为有一天你回首从前，会发现这些其实都很重要。

有时候，直到一些珍贵的时刻成为回忆，你才会真正意识到它的价值所在。

真正爱你的人，是要和你走到未来；真正的爱情，不是某一个时刻的承诺和表白，而是之后一起走过的岁月；真正的缘分，并非冥冥中注定的安排，而是两个人彼此认定的决心。

若是有缘，时间空间都不是距离；若是无缘，终日相聚也无法会意。

人，一简单就快乐，但快乐的人寥寥无几；人，一复杂就痛苦，可痛苦的人却熙熙攘攘。

人们说，直到失去了，你才会知道拥有过什么。事实上，你一直知道你拥有什么，只是你以为你永远不会失去他。

一些该拿起的要拿起，一些该舍弃的要舍弃。因为，只有让该结束的结束，该开始的才会开始。

最悲哀的一种分手，不是双方轰轰烈烈地吵一场，不是大打出手，不是一方移情别恋，也不是大家不能结合，而是双方微笑着淡出了彼此的生活，连“分手”这两个字也没说。

你会发现，你的烦恼中的大半是由于你

“Yes”说得太快，“No”说得太慢。你还会意识到，你经常忽略那些疼爱你的人，却疼爱着那个忽略你的人。

但请你相信，不论生活如何卑微，你都要面对它，不要躲避它，更别用恶言咒骂它。时间在流逝，生命中人来人往。不要错失机会，告诉那个重要的人，他曾在你的生命中扮演了何等重要的角色。

曾经那么深刻地喜欢着、爱着一个人，总好过麻木一生，不与任何人擦出火花。爱过，温暖过，幸福过，即使没有被对方好好疼惜过，遗憾中还是有甜蜜，还是有快乐的，对不对？

毕竟，爱情不一定是两个人的事情。那些偷偷爱着他的时光，是一个人的成长，一个人完整的爱情。

失去了他，你依然很富有。

人前没心没肺地笑，人后独居寂寞城堡

双鱼爱幻想，也在不断地变换梦想。双鱼会掩饰，即使受伤也会和朋友谈笑风生，似乎看不出一点点忧伤。在别人面前，双鱼永远开朗，很活泼。

双鱼即使遍体鳞伤，还是固执地假装无所谓，一个人躲到无人的角落里哭泣和自我安慰。

双鱼善于伪装，常常在人前笑得没心没肺，人后却独居寂寞城堡。

尽管说我没心没肺好了，
你永远也不会明白，
我是受过怎样的伤痛，
才练得如今处变不惊，
甚至笑得云淡风轻。

有时候，你希望能够远走，逃离你的所知，逃离你的所有。你想出发去任何地方，不论是村庄还是荒原，只要不是现在这里就行。

你向往的只是不再见到一些人，不再过一种没完没了的关于思念的日子。你想做到的，是卸下你已习惯的伪装，成为另一个自己，以此得到喘息。

不幸的是，你在这些事情上从来都事与愿违。

因为你习惯了伪装，所以你从不让别人看见你的眼泪。想哭的时候，你会闭上眼睛不让眼泪流出来，然后告诉自己还是可以坚持下去；失落的时候，你会勇敢地对自己说："没事，一切总会过去。"

你有时候对别人说"我很好"，其实你是多么希望，有个人能看穿你的伪装，并紧紧抱住你说："我知道，你并不好。"

但你宁可让别人觉得自己快乐得没心没肺，也不愿意让自己看起来委屈可怜。

其实你很累了，却习惯了假装坚强，习惯了一个人面对所有，你也不知道自己到底想怎么样。有时候你仿佛很开心地和每个人说话，仿佛很放肆，可是却没有人知道，那不过是伪装，很刻意的伪装。

你可以让自己很快乐很快乐，可是却找不到快乐的源头，只是傻笑。

实际上，时刻都保持笑容的人，往往最需要疼爱。因为内心中，他把微笑当成取悦他人的方式，以期望换回对方的温柔相待。可惜世人总错以为爱笑的孩子不需要照顾。

笑总是埋藏秘密最好的武器，可是伪装久了，欺骗的只有自己，短暂的麻木感过去，终于知道，自己还是不快乐。只是不知道，撕掉戴得太久的那张面具下的脸，还能不能在阳光下依旧笑得灿烂?

以为自己很了解自己，以为可以不在乎，

可是，原来，伪装快乐的时间长了，连自己也真的相信了。

有些事不是不在意，只是不想说；有些人不是没伤害，只是不介意；有些情不是没思念，只是不表示。

脸上的快乐别人看得到，心里的痛又有谁能感觉到？真正生气的时候，不是哭也不是闹，而是一个人静静地沉默。

实际上，泪水、软弱、孤独、寂寞和不快乐是世间最不需要强忍和隐藏的东西，有时候你想忍住，让别人觉得你很坚强，但后来你才明白，坚强只是一种内心，不流泪不算坚强，哭过之后还能站起来，能清醒地明白该怎么做、怎么去爱、怎么活得更快乐，这才是坚强。

你想，要是连哭都不能，你的那些害怕和担忧要用什么来证明呢？你还活着这件事，又该怎么来证明呢？

多少人在异地工作，忍受着孤独寂寞。下雨没人送伞，开心没人可以分享，难过没人可以倾诉，一个人走完四季，冷暖自知。

人生就是这样，耐得住寂寞才能守得住繁华，该奋斗的年龄不要选择了安逸，度过了一段自己都能感动的日子，就会遇见那个最好的自己，踏实一些，你想要的，岁月统统会给你。

单身还只是寂寞，
将就便成了折磨

双鱼对爱情的态度很极端，如果双鱼知道了他爱的那个人心里有了别人，双鱼就会停止“自作多情”，然后自觉地、永远地退出那个人的生命。因为他做不到和别人分享一个人的爱，更做不到当别人幸福路上的绊脚石。

在一份感情里，双鱼可以看淡一切现实与物质。但对爱要求得很单纯，要么百分之百，要么是零；要么爱，要么离开。

还不能恋爱或者变回单身的理由，
或许只是有个人在心里还没走，
又或许，只是不愿意对爱情将就。

在这个世界上，也许什么事情都可以将就，但只有感情这件事没办法将就。因为你要的不是一个人，你要的是两情相悦的一种生活。

从初遇到白首，你有足足几十年的人生。哪一天，都没办法面对一个将就的人。所以，人生就是，宁可孤独，也不将就。

将就而来的人，可能一开始还愿意揣摩你的心思，口是心非地说不在乎你的过去和缺点，然后的事情就可能变成“不以为然、无所谓地离开你”。

也许刚开始你还抱着侥幸，希望那个人能回心转意。只是后来时间长了，你再也没有耐心去演独角戏，感情不是你猜我猜，你需要他的回应。将就而来的感情，对方就容易不把你当回事。

爱情不是依附，也不是将就，爱情是各自独立坚强，保持十分的意愿，然后努力走到一起。

小时候班上考试，提前半个小时就有人开始交卷。然后交卷的人越来越多，你心理压力越来越大，最后也不得不匆忙地交了卷。

现在，许多同龄人都开始谈恋爱，说着天长地久的情话。你看着他们甜蜜的照片，于是对自己的期待越来越多，压力越来越大，也有一种赶紧找个恋人的冲动。

但你没有。

你不要相亲，不要朋友介绍，你还是相信缘分，相信机缘巧合，相信有朝一日你会遇见那个你爱的人和爱你的人。

那时候，你爱他，他爱你，你们彼此不可缺少，非你不可——而不是将就。

就算旁人有恋人了，甚至结婚了，开开心心地过着幸福的生活了，你也不要因为看着别人卿卿我我了，便也像赶不及了一样去恋、去爱。

这张卷子你自知还没有写好，你不能因为旁人都交卷了，也去火急火燎地匆忙交卷，你要慢慢地写，你要细细地看。

一张卷子，你错了一题，丢了十分，还可以及格。可人生的路，你行差踏错一步，也许就再也不能美满如意了。

因为你知道，感情不是用来将就的，你表现得越卑微，一些幸福的东西就会离你越远。

你只是希望结婚是因为你爱他、他也爱你，而不是因为你到了恋爱或者结婚的年龄了，他也到了结婚的年龄了，他看你不错，你看他不错，便在一起了。

你要的不是不错的他，而是必须是他；你要的不是将就的他，而是非他不可。

也许有人要笑话你太天真、太孩子气了，可你仍是固执，仍要坚持。

哪怕这份坚持是错的，你也甘愿错下去。你错得心甘情愿，你错得甘之如饴。因为你相信，终有一天，你会遇上那个非你不可的人，你也非他不可，你们会走在阳光下，你们会看到春暖花开。

你也会庆幸，庆幸当初自己没有将就。

当你有勇气拒绝一个你不爱的人，当你有准备舍弃一份曾经将就的感情时，你才算是对自己负责。

你要记住，单身还只是寂寞，若变成将就，就变成了折磨。

当你不忍心拒绝时，对方就会开始怠慢你。渐渐地，你学会了说“不”。拒绝，不是因为小气，也不是因为骄傲，而是为了证明，你也可以有放手的能力。

你一直觉得妥协一些、将就一些、容忍一些可以得到幸福，但当你的底线放得越低，你得到的就是更低的结果。

不要总抱怨自己遇到的人都不靠谱，如果别人总这么对你，那么一定是你教会了别人用这样的方式对你。

爱是平等的，可以付出更多，也可以爱他更多，但绝不是妥协、将就、容忍。

无须匆忙，不要将就，缘分到了，就一定会在一起。

刚和你在一起的时候，

双鱼的脑子里就已经演好了

“热恋之后分手，分手之后重逢，

重逢以后和好，和好以后结婚，

结婚之后发现出轨，出轨之后离婚，

离婚之后再重逢”的全部剧情。

被双鱼喜欢是什么样的体验

他永远是戏里的悲情角色。

就算他在心里想你一千一万一亿次，遇见你了，他还是会绕道走。

就算你和他吵翻了，可一旦你受欺负了，他还是会掀翻桌子跟人吵架。

经常用高冷掩饰内心的伤痕和在乎。

女王、女神、女汉子，自由切换，又有速度。

耐心指数和花心指数都是五星级。

他要是喜欢你，绝对无条件护着你。就算路上遇到只狗冲你吼，他也会敞开嗓子吼回去，完全一副“不许欺负我的人”的架势。

摇摆不定，永远是感情的逃兵

就像水里的鱼，一有点动静就容易受惊失措，其实双鱼敏感的根源，就是天生极度缺乏安全感而已。

请相信双鱼痴傻真纯和毫无心机，别用世俗的眼光去质疑他的内心。

双鱼喜欢热闹，执着，泪点很低，其实胆小，却伪装勇敢，不喜欢选择，不喜欢决定，害怕伤害，牵挂太多，缺少勇气，天性纠结，若感情态度出现摇摆不定，就极可能是感情的逃兵。

如果哪一天我爱的人跟着别人走了，
那么我唯一的心愿，
是请上苍赐给我一个好一点的情敌，
让我输得心甘情愿，痛快淋漓。

当你遇见他，你一直觉得自己不够美好，充满惊慌与卑微，但是，你即使那样害怕，却依旧选择留在他身旁，不曾退缩。

他一度说你是个英雄，其实你不敢告诉他，如果当初要等待的那个人不是他，或许，你早就做了爱情的逃兵。

无奈的是，最后你还是成了逃兵，只是谁都不知道，你到底是因为被爱伤到了，还是因为知道了结局是溃败，而你不愿投降？

受过好多伤，流过好多泪，你终于体会到爱情的辛酸和不易，所以，你尽量不再让心轻易地泛起涟漪，然而，真的就不爱了吗？真的就放下了吗？

当那个怦然心动的人出现，已经难过得几乎无法呼吸的你，怎么保证不被这爱情的毒再侵袭一次？所有的信念，原来是如此不堪一击；所有的经验，原来是如此不值一提。

其实，你知道，你对爱情的逃离，是因为你怕爱情。你怕爱情，在看过了那么多的悲欢离合之后，害怕和一个很好的人形同陌路。

你害怕爱情，还因为你不懂爱情。爱情难道是廉价的，否则怎么那么多人分分合合、合合分分？或者爱情很昂贵，否则怎么那么多人愿意倾其所有、前赴后继？

每个人都有着独自的理解，不过没遇到那个对的人，你始终是害怕它的。

嘘，别惊动爱情。等到对的时间、对的人，爱情定会来到你身边。

年轻时你总是在开始时毫无所谓，在结束时痛彻心肺。而长大后成熟的你避免了幼稚的伤害，却也错过了开始的勇气。

后来即便遇到了那个很爱的他，你也会变得很小心，每一个动作、每一个表情，甚至呼吸都开始不自觉地谨慎了。而一旦看不到他呢，就会到处搜寻，想象着此刻的他在干些什么。当脑海里出现他和恋人恩爱的画面，又会懊恼和伤心。

你之所以选择面对孤独，其实是在逃避失望。你一向是个情感明朗的人，爱恨在心底都一目了然。

因为那么痴迷地喜欢一个人，所以你不敢告诉他。怕对他讲了，他会错愕惊恐，然后两个失去理智的孩子变傻了。

你不想和他做最熟悉的陌生人，不想和他到最后连朋友都没法做。

因为喜欢一个人，所以假装不喜欢他。假装很洒脱，假装和他就像无话不说的朋友；因为喜欢一个人，所以你愿意为他做他喜欢的任何事。

真正爱一个人是说不出口的，正如张爱玲所说的那样："见了他，她变得很低很低，低到尘埃里，但她心里是欢喜的，从尘埃里开出花来。"

你是那么爱一个人，又怎么忍心打搅呢？你不愿意种花，你说你不愿看见它一点点凋谢。是的，为了避免结束，你避免了一切开始。

是谁说过，有情不必终老，暗香浮动恰好？渡过时光的河，你和他还需要在各自的路上往前走。曾经美好的记忆和年轻的诺言，都留在了故事发生的那些日子里。而你，只记住了他当时的微笑，暖若生命的灯塔。

后来，你喜欢并习惯了对变化的东西保持着距离，这样才会知道，什么是最不会被时间抛弃的准则。

比如爱一个人充满变数，于是你后退一步，静静地看着，直到看见真诚的感情。

后来你终于知道，假如自己想要一件东西，就放它走。它若能回来找你，就永远属于你；它若不回来，那根本就不是你的。

双鱼就是穿过另外 11 个星座糖葫芦的那根签儿，别人的优点缺点，**他统统都有！**

与其他 11 星座的关系

最欣赏的星座——巨蟹

最信任的星座——双子

最佳工作搭档——白羊

最容易被影响星座——射手

最易掌握的星座——双子、天秤、白羊、摩羯

最需注意的星座——狮子、射手、水瓶、金牛

100%协调星座——巨蟹、天蝎

90%协调星座——摩羯、金牛

80%协调星座——双鱼

对宫星座——处女

注：对宫星座是指 180 度对面的那个星座，而非指对立、对抗的星座，更不是相克的星座；相反，是潜在有共通性、一致性的星座，或者说是最最需要对方能量补济的星座。即最该学习和吸收优点的星座。

双鱼打出来再删了的话，**都能绕地球两圈还不重样了。**

双鱼实在是太敏感，**就怕别人不高兴是因为自己。**

如何与双鱼愉快地玩耍

◣给他温柔，给他自由，给他距离感。

◣原谅他的孩子气，懂他的善良。

◣别突然玩失踪，有事情提前告诉他。

◣给他动人的小细节，也要相信他有解决问题的能力。

◣教他浪漫，给他浪漫，让他浪漫。

◣学会宽容和换位思考，是情怀，还是玻璃心要区别得了。

◣情商极高，擅长利用别人的同情来达到目的。

什 么 都 舍 弃 不 了 的 人 ，
什 么 都 改 变 不 了

双鱼通常脾气很好，因为他有着极强的压抑心理，可以将任何情绪掩盖在外表之下，并且你要相信，他有这个本事一忍到底。

通常他不发作是为了不让别人难堪，双鱼很爱自己的面子，自尊心极强，正因为如此，他们也很懂得保护别人的自尊和面子。但不要以为双鱼好欺负，这个星座身上天使与恶魔并存。

双鱼喜欢被人黏着的感觉，好像被爱得很深似的。也因为这种感觉，双鱼也成了感情自愈能力最差的星座。

我们珍惜一个人，一定是感动过；
我们放弃一个人，一定是失望过。
爱情就像两个拉橡皮筋的人，
受伤的总是不愿放手的那个。

害怕了一个人的冷清，害怕了夜晚时宁静，害怕了睹物思人，害怕了触景伤情，原来，想要刻意忘记的，却会情不自禁地想起；想要放弃的，却无法做到洒脱地放手。

有些感情，明明知道不会再继续；有些人，明明知道不值得珍惜；就算嘴里说着无所谓，而面对曾经深爱的人，你都无法做到心如止水。

放弃一个喜欢的人什么感觉？就像一把火烧了你住了很久的房子，你看着那些残骸和土灰的绝望。你知道那是你家，但已经回不去了。

最难受的感觉是不知道自己该放弃还是继续等待。

放弃那个总是令你难过的人吧，不甘心与舍不得会害了你。世界那么大，岁月那么长，别担心遇不到对的人，说不定明天他就会与你不期而遇。

再深的伤口总会愈合，无论它会留下多么丑陋的疤；再疼的伤痛终会过去，无论它曾经多么痛彻心扉；再大的劫难也一定可以度过，只要我们有勇气坚持走下去。

感情是一份没有答案的问卷，苦苦追寻并不能让生活变得更圆满。

好的爱情，一定是给你的生活加分的。让你更自信、更快乐、更幸福、更懂得包容和分享。

如果一段感情，让你觉得麻烦、累、疲惫，因这段感情而烦恼，更暴躁地去面对生活里的一切，那么就该马上放弃。

真爱，不会为你的人生减分。

人在落魄时才能看清，谁泼的是盆盆冷水，谁捧的是颗颗担心。不能拥有的人，总会忘记。慢慢地，你不会再流泪。

到后来，你终会明白，好的爱情是你通过一个人看到整个世界，坏的爱情是你为了一个人舍弃整个世界。

请记住，适当地放弃，是人生优雅的转身。什么都舍弃不了的人，什么都改变不了。

陪你的人，因暖心而情义交换，才离不开；懂你的人，因疼惜而无可取代，才不离开。其实幸福的人不是拿到了世上最好的东西，而是珍惜了手上已经拥有的人。

最难过的，莫过于当你遇上一个特别的人，却明白永远不可能在一起，或迟或早，你不得不放弃。

其实，上天给你的所有考验，都是为了让你遇见更好的那个。

决定放弃了的事，就请放弃得干干净净；那些决定再也不见面的人，就真的不要见面了。请不要让自己再做背叛自己的事了。如果要爱别人，就请先好好爱自己。

我们就是在这无数次的放弃中蜕变成熟，也许，当我们能坦然地接受事实并真正放手的时候，我们才能真正成熟。也许，每个人都要经历这种蜕变才能长大。所以，我们总是欠挫折一个“谢谢”。

不要抱怨，也不必念念不忘，因为一切都是最好的安排。

心里乌云密布，面上不动声色

双鱼的敏感也不全是坏事，因为毕竟敏感的人更懂看人眼色，和别人聊天的时候，可以很明显地察觉对方的情绪变化并且做出相应的反应和调整，掌握整个谈话的节奏。总比什么都不看，一个劲戳你痛处的人强多了。

在双鱼面前，一定要控制好自己的行为，特别是细节。双鱼特别喜欢从细节去观察一个人。

别怪双鱼的啰唆和敏感，那是因为他很在乎一个人，可就算是在乎，他也要表现得不动声色。

多少时候，
因为得不到，
所以假装不想要。

他随意发的一条状态，你也会费尽心思去揣摩，他随意听的一首歌，你也会毫不厌倦地听一整天。不是有多无聊，只是因为你爱。

可是你从不会把自己心里的痛苦展示给他，因为你怕他安慰，也不想得到怜悯一般、施舍一样的感情。相比于弱者的倾诉和哭泣，你更喜欢强者的骄傲和被仰望。

所以，即便心里乌云密布，你的面上依旧不动声色。

喜欢伪装的人，多数是因为太在乎一个人，所以你的心思像大风天的风筝，而线在他手里。

从此，你没有了自己的思想，没有了自己的喜怒哀乐，你以他为中心，跟他在一起时，他就是整个世界；不跟他在一起时，世界就是他。你会无原则地忍受他，无异于一支蜡烛，奋不顾身地燃烧，只为求得一时的光与热。

其实，你很累了，甚至难过到落泪，但你可以在很痛的时候说没关系，在难过的时候说无所谓，在寂寞的时候哈哈大笑，在绝望的时候说世界依然美好。

你只是希望，在你开始抱怨上天吝啬时，有个人可以对你说：“我心疼你。”

可笑的是，你那么多次在朋友面前假装感情专家，但却连自己的问题都解决不了。

对于某个人，早已走出我们心里，可一想起依然会隐隐地心疼；对于一段情感，觉得早已荒芜，可我们依旧会在回忆中黯然神伤；对于一条路，已经走到了尽头，我们还会在梦幻中寻找出口……

很多时候，我们说放下了，其实并没有真的放下，我们只是假装很幸福，然后在寂静的角落里孤独地抚摸伤痕。

这人世间，有些路是非要单独去面对、单独去跋涉的。路再长再远，夜再黑再暗，也得独自默默地走下去，因为没有人会愿意陪你走一辈子，他没有那个义务。

有些人，你以为可以一辈子拥有；有些事，你以为可以一直继续的。然而，也许你转身的那个刹那，有些人你就再也见不到了，永远消失了。

你看，你伪装出来的冷漠，都被当真了。不要再让那些真正对你好的人，慢慢地从你的生活中消失，无论爱情还是友情都需要经营。

许多时候，即使不在一起了，心里面也会有“不舍得”这三个字。很多感情在当时或许了了，但真分开了，才觉得有多珍贵。

很多人，虽然你已经路过，但心底里却已经记挂了一辈子。确实，有些人来过，就刻在心底里了。

你以为自己可以开始新的感情，但旧的伤痕从未消失过。

很多时候你不知道，却假装知道；很多事情你知道，却假装不知道；很多时候你不开心，却假装很开心。其实，别人并不懂你。

原来，真正的放弃不需要大声地向全世界表明决心，不需要让所有人都知道你的心情，只需要在心里告诉自己，给自己信心，给自己时间。

因为别人并不是你，不可能完全明白你的心情，他们只是旁观者，站在你旁边看着你哭得撕心裂肺，猜测你下一步会怎么做，然后给予几句不痛不痒的安慰。

放弃一段感情并不容易，其中的艰难只有你自己最清楚。你说得再多，若没有足够的决心和实际行动，都只是一种虚张声势，更是一种自欺欺人的行为。

放弃，只需不动声色，在沉默中承受痛苦和压力，在时间的流逝中治疗伤口，不需要别人的安慰，不需要别人的帮助，独自走过这段路，等待伤口愈合，等待下一段缘分的到来。

第四辑

可以遗忘的，就不再重要了

亲爱的双鱼，该醒醒了。你已经做了太多无谓的挣扎、太多荒唐的事情、太多盲目的决定，而错过了太多本来的幸福、太多安静的生活、太多理性的选择。从现在开始，请认真地把痛苦的过往都忘记，再用心弥补被辜负的自己。你要更精彩，精彩得让别人注视和羡慕，而不是只关注别人的幸福，更不是陷入甜蜜的回忆里难以自拔。

旧时光它是个美人，让我怎么恨得起来

双鱼是一个念旧的人，一个对待过去的恋情总是不能释怀的人，一个感情弱智的人，一个遇到爱情就卑微的人，一个不喜欢给别人结果，却擅于等待别人给予结果的人。

回忆这东西若是有气味的话，
那就是樟脑的香，甜而稳妥，
像记得分明的快乐，甜而怅惘，
像忘却了的忧愁。

总有一些时光，要在过去后，才会发现它已深深地刻在记忆中。多年以后，某个灯下的晚上，蓦然想起，会静静地微笑。

那些人，已在时光的河流中乘舟而去，消失了踪迹，心中却流淌着跨越了时光河的温暖，永不消逝。

回忆是一个很奇怪的筛子，它留下的总是自己的好和别人的坏。所以免不了心浮气躁，以至于总想从镜子里看到自己十年后的模样。现在，十年后的自己又开始怀想十年前的模样了，因为在鬓角能看见零星的雪。

美好的旧日时光渐行渐远，在你的回忆录上，它们是代表怅惘的省略的句点；在你的书架上，它们是那本装帧精美却蒙了尘灰的诗集；在你的抽屉里，它们是那张每个人都在微笑的合影；在你的口袋里，它们是一句句最暖心的甜蜜诺言……

很多我们以为是最坏的日子，回头来看，也许却是最好的日子。只是坏日子里面的苦难消磨了很多可贵的温柔，轻松的好日子来临时，我们却没有多余的勇气了。

一直将一些人和事放在心里，就那么放着，直到他们穿上寂寞的外衣，发出寂寞的声音，长成寂寞的样子。耳畔依稀萦绕着与那颗心的低眉浅语，如烟似雾，宛如他的手指轻轻拂过你的发梢。

某一天，你坐在深秋的藤椅里，旧时光就是纷纷坠落的叶子。你想尽办法去接住那些叶子，生怕它们摔疼了。你认为，这是你可以向它们道歉的唯一方式。

向纷纷远去的友人道歉，你不知道一封信应该怎样开头、怎样结尾。向得而复失的一颗真心道歉，你没有珍惜的那个人，唯有企盼上天眷顾他，让那颗真诚的心安然幸福。

时光偷走的，永远是你眼皮底下看不见的珍贵。

你向前走了很远，才回头。旧时光是个美人，温软娴静，眼眸深如潭水。

我们追溯的时候，就为她画眉。她的眉太淡，面容太模糊，如何敌得过岁月稀释、情爱挥发。

现在你站在光阴崭新的彼岸，在新的城市的街道上往来穿梭。而那些旧的画面，那些几个月前还在你眼前的美好画面，早已经在兵荒马乱的成长岁月里分崩离析。

走过几年苍白的岁月，所有记忆都在心底凝结成了琥珀，一颗一颗，剔透而空灵。抬头仰望那丛明蓝色，如同看到旧时光凌空绽放。

如一段梦游：我们逆走来时的路，转几个巷子口，终于聚在往事的老宅。

旧时光她是个美人，于是我们给她画眉。将眉毛一遍遍描黑，但除此之外，我们不能做什么，不能修补她惨淡的微笑，不能解开她捆绑的双脚。

我们什么都不能做，无法冒犯往事鲜明突兀的轮廓。所以犹如两个回到童年的孩子，郁郁地握着画笔，用尽全力地涂绘，直到将画纸穿透，将美人的眼眶刺出血来。

总是闯祸，戳破了糊在窗棂上的花纸，逆着光线向晦暗的早年看去，投宿于不复存在的臂弯，问旧时光讨一丝暖。

时光只会老去，但旧时光从不会欺骗你，也不会给你跪地求饶的机会。

再见，旧时光。再见，曾经的一切。任回忆再美好，那也是从前，你要学会成长。

在那个树叶凋零的季节，时光已不再任你放肆；在那个炎炎烈日的午后，你已学会了妥协。

每每长大一点，都以为生活会很不同，实际上走到最后发现，生活只是高级一点的复制。滔滔流逝的旧时光，其实绕了个圈，重新冲刷了每一个人。

爱情还你，骄傲还我

双鱼在陌生人眼中就像位高傲的神，骄傲、勇敢、坚强、独立；在熟悉的朋友眼中，双鱼又像个无私的天使，热情、善良、细心、有耐心；而在爱人眼中，双鱼就像个任性的孩子，爱哭、喜笑，会赌气、善依赖。双鱼只有在信任的人面前才会表现出孤独、脆弱、敏感和多疑的一面，那是双鱼对你的信任。

对双鱼的恋人而言，照顾好双鱼敏感而又激烈的情绪是照顾他的最好方式之一。因为那情绪中，很大一部分是因为骄傲。

我很好，这阵子过得都很好，
没有被你影响情绪，
没有你的嘘寒问暖，我也没有感冒，
没有你的晚安我也能睡。

不要为了所谓的爱情，违心地改变自己，爱情不在于你改变了多少，而是在于你坚守了多久；不要为了所谓的爱情，让等待变成一种煎熬，你奢望得越多，它回馈你的可能越少。

不要为了所谓的爱情，宁愿受伤也不回头，熄灭的火焰已经无法燃烧，最终只能用你的血与泪，慢慢地溶解当初所有的痛。

没有哪种爱情需要你放弃尊严作践自己，要你去受罪吃苦。爱情或许会让你不知所措，会让你嫉妒生气，会让你伤心流泪，但它最终是温暖的，能给你愉悦，能给你安全感。

如果不是这样，那要么爱错了人，要么用错了方法。与其受罪，还不如单身。

其实你早就知道，不爱你的时候，那个人是自由的，从来没想过要为你而停留。

你也知道，他最爱的那个人不是你，可你终究还是飞蛾扑火，自以为是地认为，只要在他身旁的一直是你，他迟早会发现你的好。

可事实证明你错了，对于那个不珍惜你的人，请你收回你的卑微，把他那微薄的爱情还给他，换回你本该有的骄傲。

当你爱一个人却始终无法得到回应的时候，与其继续乞讨他的爱情，不如骄傲地转身离开。

在爱情里，最在乎的一方，最后往往输得最惨。找个让你开心一辈子的人，才是爱情的目标。

所以，选恋人不需要太多标准，只要这三样：不骗你，不伤害你，陪着你。

爱情可以是低到尘埃里还要开出花来的卑微，也可以是自此天涯不相问的骄傲。

就算还是会想起那个人，就算他的面容会日渐模糊，只剩下依稀的几个片段，就算回忆里那些许的画面，在时光的打磨下显得淡漠了，可难过还是那么多。

如今，你一个人安静地生活，默默地想念。没有他，没有争吵，没有眼泪，也没有快乐。

你很想念他，只是你的骄傲、固执、任性不会允许你低头。

只是因为太骄傲，那些悲伤和难处都藏在了心里头，渐渐地别人都以为你已经强大到不需要关心和呵护，终于，骄傲的人只有寂寞相伴。

能骄傲的时候就骄傲吧，当有一天，你死心塌地地爱上一个人的时候，你也许无法再骄傲。

对纠缠不清的事，你不再有耐性，不是因为你变得骄傲，只是你的生命到了一个阶段，你不想再浪费时间在一些让你感到不愉快或是伤害你的事情上。

对于心怀妒忌，过度批判，与任何形式的要求，你都没有耐心。因为你不愿去取悦不喜欢你的人，或去爱不爱你的人，或对那些不想对你微笑的人微笑。

就算别人说你太过骄傲，就算只能倔强着口是心非。

可是别人不知道，你的骄傲就像枯叶蝶，骄傲是你的保护色。一旦失去保护色，你就活不成了。

活在骄傲里不等于就是骄傲的人，而是一种贵族品质，一种冷静本真的生活态度。

心性高的人要么被膜拜，要么被排斥，但被这种生命里自顾自的模样最终吸引来的，定是不可多得的真爱。世界很公平，你要什么，也要预备给出什么；你具备什么，决定你能吸引什么；你是什么人，就能配得起什么人。

活在骄傲里的人，是自由的。

从今天起，少一点矫情，没有时间治不好的病；少一点软弱，没有坚强缝不了的伤。在属于自己的人生里挺胸抬头，不浪费最好的自己去等没有结果的爱情。

不再害怕改变，相信无论自己是什么样子，都会有人喜欢；不必苛求别人理解，只要自己笑得灿烂，如果那是骄傲，你便因此而活。

我也很喜欢，当年喜欢你的我自己

双鱼就是双鱼，睿智、聪明，再盘根错节的思绪，最后总能理清楚并洞察一切，然后带着伤心，悄然离去。

双鱼不喜欢和别人争抢东西，属于自己的东西总是被人抢走，还一副无所谓的样子，总给人留下懦弱无用的形象。其实不是双鱼没有能力去争抢，只是双鱼明白一个道理，真正属于自己的东西不用去争去抢。这不是优点，也不是缺点，只是双鱼一种与生俱来的性格。

我们太年轻，以至于都不知道以后的时光，
竟然那么长，长得足够让我忘记你，
足够让我重新喜欢一个人，
就像当初，不管不顾地喜欢你那样。

如果你曾爱过一个人，那么你一定感激那段岁月的赐予：不管最后能否修成正果，有过为一个人不顾一切的付出，才会有现在更坚定去爱的自己。

谁没有曾经，谁没有遗憾，谁没有想放下却没有放下的过往；又是谁，没有什么可失去了才知道珍惜。答案是，没有人。

人人都拥有那难以忘怀的青春过往，人人都在那段懵懂的岁月里做过一些傻事。蓦然回首，你还是很喜欢当年那个傻傻喜欢一个人的你自己。

假如你曾喜欢的那个人斯文有礼地对你说："谢谢你喜欢我。"请你也坦然大度地回复他："我也很喜欢当年那个喜欢你的我自己。"这里面明明藏着很多时光的秘密，虽然结果并没有那么美好，可是那种时过境迁后的小波澜却无比动人。

我们都有过把喜欢一个人看作和吃饭、念书、走路一样重要的日子。自己的心里像是默默地打开了一个开关，早晨一睁眼，就想到一会儿早操能不能见到他；在返回教室的拥挤人潮里，能准确地分辨出他的背影；心跳加快，装作不经意地和闺密一起路过某间教室和他不期而遇；认真对待每一场期末考试，因为这决定了能否和他分在一个考场；明明爱晴天的灿烂，却看到他爱的阴天替他高兴不止。

那个你，浑身充满了莫名其妙的动力，生活被有序地分为看到他的时候和看不到他的时候。

看不到他的时候，你和你自己幼稚的梦想一起并肩作战；看到他的时候，你会偷偷地想，他什么时候会从你的梦想，变成和你一起并肩作战的人。

那个你，固执而且把喜欢看得好郑重。不愿随随便便地写信给他，信纸要精挑细选，内容要精雕细琢，写得自己都被感动了，半夜坐在房间里掉眼泪。

想要探究关于他所有的世界，从他的朋友那里一点一点地收集细枝末节，还原出一个你不知道的他，然后听他爱听的音乐，走他走过的路，心里满溢的是欢喜。

那个你，相信一切的美好。他的声音和冷幽默相得益彰，他的沉默寡言映衬着内心的千山万水，他操场上模糊不清的身影有着别样的美感，你甚至一相情愿地将美好封存至很多年以后。

好多年后，当经历了一些人事之后，你突然发现，好难找到词句来定义那样的喜欢。比暗恋要多一些，比恋情要少一些，像是一种简单的信仰、傻傻的坚守。

那种喜欢，一生也就只能有那么一次了。

在你还是一个不善言辞、内心倔强、容易脸红、敏感惆怅的人的时候，却耗费了那么长的时间去做一件这么巨大的毫无目的的事情。或许，相比现在的你，那个你要勇敢得多、真诚得多，那个你更强大、更无畏、更顺从自己坦荡的内心。

那么倾心地喜欢，也让你相信，你是有能力这样去付出，这样用力爱、用心爱，尊重爱的价值和意义。

即便后来遇到他的时候，自己已经像是另一个故事片的开头。当你像一个经历了很多的大人，小心矜持、应对得体的时候，那副外表下面的源自很多年前的柔软美好，已经筑起一座城堡，静候有心的人光临。

一份感情，无论有瑕疵还是完美，一份情缘的结局无论是相聚，还是终究分离，我想说，我们终会在生命的某个转角里发现，那些被辜负的、被隐匿的、被埋藏的喜欢，并不是毫无意义。

所有的过错，都可以用错过释怀

说起后悔这件事，摩羯是那种一旦做了决定，就会比较坚定的人，字典里没有“后悔”两个字，就算心里有遗憾，也不会让你看出分毫。而双鱼这种情感丰富的星座，每天不是已经后悔了，就是正走在后悔的路上。

我们都以为长大以后就能真正地永远相伴，
于是不惜一切代价地拼命成长，
但是当真的长到足以告别青春的年纪时，
才突然发现，原来长大只会让我们分离。

感情，是人生里最大的易耗品。年少时一次次无疾而终地倾其所有，结局也许是真的成为一个吝啬的人，再没有过深的爱与恨。

不想失望，所以不再对任何人寄予期望；不想失去，所以不再依赖任何人；害怕结束，所以避免了一切开始。到最后，学会的不是如何爱一个人，而是如何在爱里保护好自己。

或许人的感情真是有限的吧？年少时倾注得太多、消耗得过早，后来就会自然变得冷漠与防备，越来越难以感动、难以相信并去爱。你这才意识到，最大的遗憾不是错过最好的人，而是当你遇见他时，早已把最好的自己消耗得所剩无几。

可不管那段感情的结局如何，你和他都有着相同的感受，那就是“都是真的努力过”。

在那个只敢爱，却不懂如何经营爱的年龄，你和他就是这样自以为是地努力着。用固执作为深爱的解读，将伤害作为相爱的表达，还没来得及抵抗现实与流年，就因为一点误解匆匆地丢盔弃甲。

不顾一切地喊着爱，却从不去明白爱里要有包容、担当与行动的付出。

时间是个神奇的东西，不管多么荒唐的事物，只要被它加以冲刷与跨过，都会变得合乎情理、心安理得。

要用多久才能坦然面对，才能直视那些合乎情理中的真实因果，才能让自己真正承认心安理得；要用多久，那些破碎过的、崩塌过的，才会被我们赋予存在和经历的意义。

如今只得感叹，人生中相见恨早的概率其实远远大于相见恨晚。是年轻曾让我们义无反顾，倾尽所有，可到头来，或许也是败给了年轻。

其实我们都是在爱恋中陪着彼此一起长大的。

每个女孩也总是因为遇见某个男孩开始改变和成长。从剪着短发的假小子，变成长发飘飘的窈窕淑女；从娇惯蛮横的小公主，变成懂事温柔的大女人；从那个情绪化、不讲理、爱哭鼻子的小女生，变成做起家务干练娴熟，心里有着一本信手拈来的佳肴菜谱的准家庭主妇，坚强忍让得连自己都认不出。

后来，你为他磨平了棱角，他为你拔掉了身上的刺。只是你们将彼此赠予了他人，为下一个陌生人做了美丽的嫁衣。

再后来，我们都长大了，成为更好的自己、更好的爱人。

终于在匆匆开始的那年，懂得了如何去勇敢，如何去温柔，如何去包容，如何去担当。终于明白，匆匆那年的我们总是迫不及待地去爱，可真的在一起后，就会忘记了小心翼翼的疼爱。喜欢上一个人很容易，可是要在内心最深刻的地方去珍惜却很难。

人总要经历失去才会懂得珍惜，总得彻底伤过了一颗心，才能学会呵护另外一颗心。

长大后的我们，虽然谙熟了如何避免幼稚的伤害，却往往也失去了开始的勇气。如果说老天安排的那些过去是为了让我们在爱的这条路上再多一些磨砺和学习，那么千万不要曲解它的意思，它从未说过，年少时曾倔强相信过的东西，是再不值得相信的。

不再年少的我们，最需要学习的是始终不疑真心，是依然敢爱如当初。

这一切都会过去。你会熬过这段时间，总有一天变回那个心底的自己，那个相信真、热爱善、追求美的自己。你会长成一个温婉娴静的女子，会褪去身上那层暂时令自己厌恶的皮囊，你会焕然一新、笑靥如春。

你会安静淡然地正视你曾心爱过的人，会对曾中伤你的人报以微笑。你会自信地把长发挽起，会干干净净地走在安静的街道。

你会在某天温暖的午后，在街角某个小咖啡馆享受阳光照射在脸上的温度，还会有一次意外的邂逅。而终有一天，会出现一个笑容温暖、眯起眼睛看着你傻笑的人，拥着你。

我们都曾付出真心，以不同的方式。只是当时理解不了彼此，谁也不要觉得亏欠对方，爱情无须太长久的缅怀。

你知道的，不管人生可以重来多少次，总会有所遗憾。

我 若 离 去 ， 后 会 无 期

双鱼真的爱上一个人，是可以不顾一切的。你喜欢我笑，我就不哭；你喜欢我懂事，我就不吵不闹。所有的泪水、矫情都留给自己。

双鱼不在乎金钱和地位，在乎被爱。如果伤了他，他会把错误先揽在自己身上，然后原谅你。

不要对双鱼说谎，再高明的谎言也逃不过他敏锐的心。别以为他不懂你的欺骗，不动声色是因为他在思考，哪怕痛苦到极点，你眼中看到的仍然是平静的双鱼。

你要明白，双鱼的冷漠，未必是针对你，而是针对爱。

离开了，就别问人家过得好不好。
不好，你也帮助不了；
好，也不是你的功劳。

当一艘船沉入海底，当一个人成了谜，你不知道，他为何离去，那声再见竟是他最后一句。

当一辆车消失在天际，当一个人成了谜，你不知道，他为何离去，就像你不知道这竟是结局。

每一次告别，最好用力一点。多说一句，可能是最后一句。多看一眼，可能是最后一眼。

在年轻的时候，如果你爱上了一个人，请你一定要温柔地对待他。

不管你们相爱的时间多长或多短，若你们能始终温柔地相待，那么所有的时刻都将是一种无瑕的美丽。若不得不分离，也要好好地说一声再见，也要在心里存着感谢，感谢他给了你一份记忆。

长大了以后，你才会知道，在蓦然回首的刹那，没有怨恨的青春才会了无遗憾，如山冈上那轮静静的满月。

不是每个人，在你后悔以后都能站在原地等你；不是每个人，都能在被伤过后可以选择忘记。人的感情就像牙齿，掉了就没了，再装也是假的。

朋友也好，恋人也罢，他若不真心对你，你又何必真心待他？你对他态度的好坏，完全取决于他怎么对你。

时间以它自己的喜好编写着每个人的缘分剧本。最后你不得不承认，时间终会改变你的观念，比如当时自以为是的“爱情里面，非他不可”。

你终于明白，再好的相遇，也无法注定结局；再喜欢的人，也不一定能携手到老。所以不要把一个对你好的人弄丢了，一辈子碰到一个这样的人不容易。

错过一辆车，可以等；错过一个人，也许就是一辈子。

你疯过、傻过、执着过、坚持过，你也爱过、恨过，到了最后，你还是你，你好不好，全世界也只有一个你。

那个人珍惜也好，不珍惜也罢，如果哪一天他舍得把你弄丢，那么你就不用再让他找到。

因为，再好的东西，都有失去的一天；再深的记忆，也有淡忘的一天；再好的人，也有远走的一天；再美的梦，也有苏醒的一天。

该放弃的决不挽留，该珍惜的决不放手。

现在的你，一切只求顺其自然，因为你看开了。

有些事自己知道就好，没必要去追问，因为答案未必能接受；有些人自己认清就好，不值得你去难过，因为感情不能去强求。

爱你的人，不会远离；不爱你的人，终会失去。经验会告诉你怎样做事，而时间会教给你如何看人。

曾经的信誓旦旦，也许只是敷衍；原来的扑面热情，不过只是一时兴起。

大多数人，在感情突然终结的那一刻，其实都感受不到所谓的痛彻心扉，没有伤心亦不难过，只是心里好像被挖了个窟窿。

随着时间抚平后知后觉的痛楚，那个窟窿也会在不知不觉中扩大，而它所挖走的，便是记忆。人性本趋利避害，所感到不悦的既然无法改变，只得在潜意识中选择性遗忘。

明明知晓那是曾用整个青春筑建起的最美好的东西，可崩塌消亡后，就是怎么也记不起它原本的样子，就好像从未拥有过一样。

那些过去的画面从记忆边缘拉回，在脑海中纷飞后逐渐拼凑完整，就像失忆了很久，突然恢复了一点。

你不主动，他也不主动，然后你们的关系就慢慢消失了。人与人之间没有谁离不开谁，只有谁不珍惜谁，一个转身，两个世界。

一生之中有一个爱你、疼你、牵挂你的人，这就是幸福。万人追不如一人疼，万人宠不如一人懂。

世界上不是所有人都可以掏心掏肺互诉衷肠。路过的都是缘，擦肩而过的都是客，且爱且珍惜。

曾经以为，离别是离开不爱的人。直到有一天长大了，才发现，有一种离别是离开你爱的人，还有一种离别是擦着眼泪，不敢回首。

也许今生都不会再见那个人了，只因为再见的已不是他。心中的那个他已经和你做了决绝的告别，再现的只是些沧桑的日月和流年。

可以遗忘的，就不再重要了

其实双鱼是属于比较悲观的星座，而且喜欢自欺欺人。双鱼没有安全感，爱得起，但放不下。

双鱼害怕被伤害，却经常在不经意间折磨人，一会儿对你好，一会儿对你坏；一会儿想知道你的过去，一会儿又因为你的过去生气。

双鱼也很理智，如果分开了铁了心不和好，对方再怎么坚持都是没用的。

过往像张考卷，每个认识的人都像试卷上的题目，
仔仔细细地认真对待，最后却依旧有对有错。
对的人一直陪伴，错的人相忘于江湖。

太过美好的东西，从来都不适合经历，因为一旦经历便无法遗忘。比如我遇见你，比如我爱过你。

年轻的你们，心脏都是比较小的，一点苦难放进去，都显得大。长大了的人，心脏就变大了。即使更大的悲伤装进去，也照样可以冷漠地离开，平静地遗忘。

这个世界其实从不曾有一个人能取代另一个人的位置，所谓的取代，只是以前的那个人被遗忘了。

人生最难跨过的一关，是自己那一关。唯一能够阻碍你追寻幸福的，也是你自己。

在这个世界上，有许多没来由的伤害乘虚而入，因为太痛，所以你不忘，也不敢忘。旧伤疤没有愈合的一天，那上面叠满了你亲自留下的新鲜伤口，而你竟然在那强烈的痛楚中，才深刻地感觉到自己真实地存在。

总是有很多人安慰你：“没有什么事情是过不去的。”的

确，所有的事情都会过去，过不去的，是你被撕扯得千丝万缕的心情。

很多事情过去了，但你仍然不明白，仍然想扭转情节，仍然想改写结局，更多时候，你只是想记得，不想忘记。

一种深沉的悲哀如同冬夜里静静落下的雪，层层覆盖在你的心上，不知道那悲哀从何而来，也不知道悲哀的颜色，你只能感到自己好像一个透明的幽灵，渺小而没有重量地存在着。

直到有一天，你对某人的高度信任碎裂瓦解，或是他如同扑熄火苗般无情地将你的希望全数毁灭，那一瞬间天崩地裂，你痛到几乎魂飞魄散。

没有人喜欢深陷在痛楚中，却有很多人难以拒绝痛楚的诱惑。

因为痛楚让你感觉到自己真正存在，痛楚是一种刺激，激发出你心底最深层的憎恨与悲伤。你像要毁天灭地那样痛哭、那样愤怒，过去你竟然从未这么深刻地存在过，整个世界仿佛绕着你癫狂的情绪打转，整个世界只有你。

有人曾问智者，为什么很难原谅别人？很难放下过去的伤害？

智者曰：“它们是你拥有的全部，你不断拨弄着你的旧伤，以便它们在你的记忆中保持新鲜，你从不想让它们被疗愈。”

你相信吗？疼痛是会上瘾的。它在你的眉心劈下那一刀，转身离去之前，你自己已经将那把利刃捡起，架在心上。

于是你立起招魂幡，一次又一次召唤往事，任凭不堪的记忆穿透灵魂，在那强烈的痛楚中，你心中的记忆一次比一次鲜明。

你自残千百次，只为了记住他伤你的那一次。

或许是，你心知自己禁不起第二次的大意引来的悔恨，禁不起第二次被深深信任的人伤害。为免重蹈覆辙，你逼自己不能忘怀曾经无助的青蛙，仰躺在桌上，让解剖刀将自己开肠破肚。

渐渐地，你不愿再向外界伸出手，生怕又有人会在上面划下见骨的一刀，你躲在过去的受伤记忆里，有一种奇异的安全感。

到最后，你根本搞不清楚，为什么那个人当年划下的那一刀，过了五年、十年，甚至二十年后，还是汩汩地流着血，等不到愈合的那一天。

事实上，有许多伤害本来就是一次性的，可是因为有了你的允许、你的执念，它才能像把锯子，不断地在你心上拉扯，而紧紧抓着那把锯子不放的人，其实就是你自己。

有时候你把什么放下了，不是因为突然就舍得了，而是因为期限到了，任性够了，成熟多了，也就知道这一页该翻过去了。

生命中的许多东西是可遇不可求的，刻意强求的得不到，而不曾被期待的往往会不期而至。不论生活如何复杂，请一定要保持自己的那一份优雅。

请你记住，能够遗忘的，表示它已经不再重要了。

不见面是害怕思念，
不联络是掩饰眷恋

双鱼其实很脆弱，禁不起任何伤害，如果你伤害了他，那道伤痕是挥之不去的，除非有一天他失去记忆。然而，他也是最不想让其他人知道这道伤痕存在的人。

如果双鱼座选择和一个人分手，你不要问他原因，你会发现，他会若无其事地继续工作、平静地生活、开心地笑。然后，你会发现他哭了，因为那种痛根本没有离开。

思念，是一只养熟的信鸽，
无论放飞多么长的时间和距离，总能飞回原处。

年轻时候，不太容易爱上一个人；爱上之后，又不太容易放手。等到不得不放手时，又不太容易重新开始。

有的人留在原地，有的人则走到尽头，有的人念念不忘，有的人从来不曾记起。

思念似一泓清丽的湖水，流年的时光淘走了温情的记忆，那些曾经迷恋的风景和心动的瞬间，在心的一隅，却成了从未忘记的永远，似清晰却又模糊。不知道你是否还是那样柔弱，软弱到不敢去爱另一个人。

曾经，我们相遇却没有相守，甚至都来不及好好告别，就天各一方。但是那些短暂的相聚却在时间的河流里凝成琥珀，晶莹剔透。

在我们生命中，有些人，再也不能回到相识的最初。但是，我们会记得。

我们之所以对那个人念念不忘，是因为我们知道，曾经经历过的那些或快乐或悲伤的时光，此生再也不会拥有了。

总是反反复复地梦到那个人，明明是在梦里，可还是没勇气去打声招呼，过去的不堪在隐隐作痛，这么多年却依旧清晰。“好久不见，甚是想念”原来也难以启齿。

爱一个人，就难免为他受苦。牵挂是苦，思念是苦，失望和伤心是苦；得不到是苦，没法相守是苦，生离死别也是苦。

然而有一天，你会发现，那个人给了你许多痛苦，却也是你的救赎。

有的思念是种刻骨铭心的疼痛感，有的更遗留阵阵缠绵余音。如果想要见面、想诉说、想拥抱、想要一声回答都显得奢侈，无论你跋山涉水，无论你天塌地陷，都不可能实现。那种思念，一旦发芽长大，一定蔓延至死。

思念就跟爱情一样是会耗尽的。一开始你想他想得很苦，恨不得马上飞奔到他的身边，再也不要跟他分开。后来，你没那么想他了，不是不爱了，而是这样的想念没有归途。

于是，你用不见面去抵消思念，你用不联络去掩饰眷恋。

爱上一个人，总难免赔上眼泪；被一个人爱着，也总会赚到他的眼泪。

我们一再地问自己：爱是什么啊？为什么要爱上一个让自己掉眼泪而不是一个为自己擦眼泪的人？

大部分东西都是有期限的。为一个人受苦，只能受苦到某种程度。然后，你会醒悟，不再蹉跎岁月。思念一个人，只能思念到某种程度。当思念长久地落空，你早晚会绝望。

当所有情感深埋心底的时候，眷念的也许只是一份深情。彼此的情缘，相遇时已错过。时光很凉，记忆很冷。但请你相信，总有一天，一切终归平静。

遇见或者离散都是定数，曾经的缘分，早已被岁月更改。时光，就在我们的念念不忘和低眉浅笑中，渐行渐远，经年的莫失莫忘，也只是生命中刻骨铭心的一笔。

尘世间有多少人来人往，就有多少擦肩而过，就有多少刻骨铭心。一些风景再好，也不属于自己；有些情感，路过交错，已然是最好的结局。

几乎每一天夜里，总是有人坐在这城市最远的角落，那通常也是最幽暗的位置，重复整理他自己也说不清楚的心事。他不需要准备好姿势，没有什么心理状态，只是为了完成一次眷恋——与爱情无关的想念。

一些熟人，是从未相见，恍如故人。不用解释，春风都替你说话。一些陌生，是从此以后，沉默余生。无话可说，时间也没有办法。

渐渐觉得，感情这个东西已经被世人捧得太高，它跟永恒其实没有太大关系。换了空间时间，总会有人离去，也总会有人出现，来陪你走接下来或短或长的一段。

所以，不要太念念不忘，也不要期待有什么回响。你要从同路者中寻找同伴，而非硬拽着旧人一起上路。

第五辑

我不想用离开的方式教会你珍惜

双鱼可以喜欢一个人，喜欢到卑微得不可救药的地步；双鱼也可以心甘情愿地付出，只要他认为是值得的。

双鱼总是心肠太软，从来舍不得放弃。但是，如果有那么一天，他被伤得太彻底，当他真的想狠下心放弃，那么，他也一定会说到做到，不给自己留任何退路。

不懂珍惜的双鱼，总是要在经历了错过之后，才懂得珍惜。

我不想用离开的方式
教会你珍惜

双鱼的缺点之一是不懂珍惜，当一段感情确定时，他在工作方面热情就会燃起，然后觉得自己被感情束缚，这种被害的感觉就使得他看起来是一副心不甘情不愿的样子，觉得自己的人生就是被这段关系给耽误了。

可这并不表示双鱼的感情是假的，只是他总是后知后觉，等到失去了，才后悔不已。

将来，也会有人懂你、珍惜你，
像我喜欢你一样的方式去喜欢你，
想到这里，我就轻松了好多。

有一天，他终于对你不冷不热了；有一天，他终于放手对你死心了；有一天，他和别人走在一起了；有一天，他和你彻底成为陌生人了，你会不会，有一点后悔自己当初的不珍惜？

人生遇到的每个人，出场顺序真的很重要，很多人如果换一个时间认识，就会有不同的结局。所以缘分让彼此相遇，就要珍惜当下。

别等到有一天，你说你想他了，而他对你说："晚了。"

人到了二十多岁之后，上帝就会给你做减法。拿掉你的一些朋友，拿掉你的一些梦想，拿掉你的一些爱情。

有些人跟你分道扬镳，你们或许都不见得会吵架；你们或许也有着彼此的联系方式，可不知道该怎么去联系了；有些人或许已经跟你见过最后一面了，只是你还没发觉。

正是因为曾经有这些人的陪伴，你才变成了现在的你。那么请你好好珍惜身边的每一个人，一如珍惜你自己一样，即使你们终究会面对离别。

不管你的条件有多差，总会有个人在爱你；不管你的条件有多好，也总有个人不爱你。所以你不必为失去而折磨自己。

在对的时间遇到对的人，这是一种缘分，而这种缘分恰恰需要耐心等待，需要经历种种挫败才能遇见。在你的世界中，总会有个人比想象中爱你。

生活，其实归根结底就是五个字：珍惜眼前人。

你是个后知后觉的人，他离开之后，你才意识到，每次吵架，他都会想到失去你会怎样，所以他很珍惜，他宁愿主动认错、主动和好，因为他珍惜有你在的每一天。

后来你才意识到，认错没什么，最怕失去了，来不及后悔。又或者是来不及珍惜，就要说分离。

生活，就像手心里握着鸡蛋总是小心翼翼的，应该珍惜着每一份真诚与感动，好的东西最容易擦肩而过了。

你是个不懂爱的人，他却用整个曾经教会你怎么去爱，学会爱之后，你做的第一件事居然是有勇气去面对自己的心，诚实地去想念他。你看，在他不在你身边的日子里，你连难过都可以这么认真。

爱一个人的滋味，就像手中抓了一把沙子，很想抓得紧紧的，可是抓得太紧了反而剩下的却不是很多；想念一个人的滋味，就像喝了一杯水，然后用很长的时间把它变成一滴滴的眼泪。与其羡慕别人拥有的，缅怀已经失去的，不如珍惜自己拥有的，把握好当下的美好。

年轻就是这样，有错过有遗憾，最后才会学着珍惜。

两个人若想长久地在一起，就需慢慢了解、慢慢磨合，互相包容、理解、体谅、沟通……需要耐心经营，真心的爱经得起考验。时间可以证明一切，证明到底有多爱，经不起考验的就无所谓真心，也就无须再伤神。

若爱，请放手大胆地去爱，因为错过了，就不再回来；若不爱，请大声决绝地告诉对方，好让别人和自己都有机会爱另外的人。

生命太短，没留时间给我们每日带着遗憾醒来。所以去爱那些对你好的人，忘掉那些不知珍惜你的人。

人，总是争取未得到的，而忽略所拥有的。在乎你的，你不在乎；你在乎的，不在乎你。

人，总是不知足的。一直对你好的，你视而不见；没把你放在心上的，你却放在了心上。在乎你的，你置之不理；不在乎你的，你却死心塌地。

每个人的时间都不多，没有无缘无故的付出；每个人的心只有一颗，也没有无缘无故的关注。

看不到回报，终会退出；收不到回应，总会寒心。

不要等到失去了，才知后悔；不要等到错过了，才晓遗憾。

懂得珍惜，才配拥有！

时间不会回头，爱情岂能如果

双鱼是个浪漫、爱幻想的星座。清晨看日出，星光下划船，都可能是他采取的行动，他的温柔体贴和无比的想象力，也会给你带来前所未有的甜蜜和欢乐。

双鱼爱幻想的性格是把双刃剑。如果你运气好碰上了一条深谙水性的“鱼”，那你就安心享受他带给你的幸福。如果你遇上的是一条弄不清潮汐状况搁浅在沙滩上的“鱼”，那你在陪他做梦的同时，也务必提防他的忽冷忽热或满不在乎。

你们年轻、青涩，
彼此倔强着，不肯低头，
用自己不成熟的方式，
表达着在乎，却失去了彼此。

如果彼此出现早一点，也许就不会和另一个人十指紧扣。又或者相遇再晚一点，晚到两个人在各自的爱情经历中慢慢地学会了包容与体谅、善待和妥协，也许走到一起的时候，就不会那么轻易地放弃、任性地转身，放走了爱情。

但时间不会回头，爱情岂能“如果”？

你单身的时候，他等你；你说不想恋爱，他等你；你突然有了新的开始，他等你；你结束了爱需要疗伤，他陪你，继续等你。他以为终有一天你会发现身边的他，却从未想过，最终等来的却还是一句“对不起，你很好，可是……”

是不是真的要到等他忘记了你，等他放弃了你，等他离开了你，你才能真正地知道，他于你而言也是那么重要。

直到有一天，当那个真正对你好的人，没有缘由地从你的世界里突然消失了，你才意识到你损失了什么。

你曾经以为，他走了谁都可以替代，可最终发现，全世界唯有他不可替代。

就算多年后再次相遇，会说些什么？是坦然地面对现实，还是会唤起曾经的爱恨？也许唯有时间证明，你爱过了谁，记住了谁。

可是，时间不可辜负，世间一切追悔，往往都来不及。

爱情没有“如果”，不管是年龄的差距，还是地域的不对，当你爱得入骨入髓时，心中的涟漪只因某个人的出现，一切问题都将迎刃而解。不需要太多的语言，那种悸动的牵绊会告诉你自己有多需要对方。

深深相爱的两个人，彼此越是明了对方的心，越会对相爱的人挑剔，越容易造成伤害。因为深爱着对方，才会变得分外敏感。

相爱与伤害永远都是一对孪生兄弟，因为爱而伤害，因为爱而受伤。

爱太深，容易看见伤痕，若你能好好珍惜，那些深深浅浅的伤痕就成了爱的纪念币。

不要因为寂寞爱错人，更不要因为爱错人而寂寞一生，尝试信任才能得到幸福。

这个世界上最残忍的一句话，不是“对不起”，也不是“我恨你”，而是“我们再也回不去”。就是这样再简单不过的一句话，生生地将两个原本亲密的人隔成了熟悉的陌生人。

没有经历过的人，永远都不会明白，那是怎样的一种切肤之痛。最宝贵的东西不是你拥有的物质，而是陪伴在你身边的人。

不能强迫别人来爱自己，只能努力让自己成为值得爱的那个人，其余的事情则靠缘分。

爱情里最忌讳的是：两个人都幻想着彼此的未来，却也总惦记着对方的过去。

所谓珍惜，就是你要学会主动道歉。道歉并不总意味着你是错的，对方是正确的。有时它只是意味着相对而言，你更珍惜你们之间的关系。

所谓珍惜，就是你的所作所为都是心甘情愿的。为了他，你可以什么都不在乎。只要他要，只要你有，因为你爱，所以你愿意。

一旦感情平复了下来，心中就会出现接连不断的计较，

“为什么我付出的比你多；为什么我什么都可以给你，你却要有所隐瞒”，然后冷战、争吵、分手、和好、冷战……走得过的就是执子之手，走不过的就只能缅怀当初。

所谓珍惜，其实就是久处不厌。

永远不要对任何事感到后悔，因为它曾经一度就是你想要的；所有的错过，都没有重来的机会，别再畏首畏尾，也别让命运处处皆是遗憾。

不要再埋怨命运，以感恩的心态面对生活，人生是一趟单程车，我们最应该做的，就是好好善待自己，珍惜今天，期待明天。

那些走过的、错过的，都不再回来；丢掉的、失去的，都不复拥有。

我还记得，
我跟别人炫耀过你

双鱼很简单，什么都写在脸上；双鱼爱憎分明，不会给自己不喜欢的人丝毫机会，对自己喜欢的人超级纵容；双鱼喜欢简简单单，不喜欢麻烦。

如果双鱼首先对你动心了，则一定不会被动地等待，他一定会让你知道。

双鱼有一个死穴，那就是太善良，即便是曾经把他伤害得遍体鳞伤的那个人，他对旁人说起，也只会挑最好的说。你看，双鱼就是这么傻。

“你不要走，不要忘记我，我需要你。”
这样的话到了嘴边往往变成了
“你走吧，就当我不曾存在过吧，我一个人很好”。

你还记得他爱你，或许是你记反了；你还记得他的笑，曾一度让你傻半天；你还记得他的好，为此还特意跟别人炫耀过。

那个人会一直刻在你的记忆里，即使忘记了他的声音，忘记了他的笑容，忘记了他的脸，但是每当想起他时，那种感受是永远都不会改变的。

多年后，再回想年少时的迷茫和执着，或许原因都不记得了。青春就是让你张扬地笑，也给你莫名的痛。

在一起的时候，不停地追问：“你喜欢我吗?”“你是讨厌我了吧?”“你这样做就是不在乎我。”但是别忘了，强求的东西除了加速事物的磨损外，别无它用。

再怎么用力地爱过，回头看，留下的只有自己，要么是变好了的自己，要么是变差了的自己。除此之外，什么都没有。

如果有那么一天，你不再记得，他也不再记得，那么时光一定会替你记得。最辛苦的不是两地相隔，而是明明相爱，却不敢想未来。

很多人明明很好，却会恋爱不顺。其实，不是人好就一定恋爱顺利，也不是人越好就能遇到越好的。

你的好必须有人懂，才能够被承认，可惜这世上，太多只懂看外表的人，却太少愿意聆听的好人。

所以啊，不是你不够好，而是没有遇见懂你的人。懂你多少，就是爱你多少。

你会发现，最后留在你身边的，不是那个在你感冒时说“好好休息”的人，而是记得给你买药的人；不是那个陪你闲聊的人，而是那个会叮嘱你少浪费时间的人；不是那个喜欢开你玩笑、戳你痛处的人，而是真正懂得你的好，还乐于告诉别人的人。

别对承诺有幻想，别对永远有期待，让时间筛选真正爱你的人。

从此在各自的幸福里，那些以前的旧时光，那些错过的人教会你的事，你会永远记得。也请他记得你，记得你撒在他身上的你最美好的年华，记得你的名字和那些你用眼泪和难过教会他的事。

爱一个人，是一件简单的事。就好像用杯子装满一杯水，清清凉凉地喝下去。

你的身体需要它，感觉自己健康和愉悦。从此认定它是一个好习惯，所以愿意日日夜夜重复。

在一起痛苦，却不想分，分手了痛苦，又难以忘记，其实本质都是自己不够优秀。明知道不对还硬要坚持，不过是害怕未来。

如果你知道有一个更好的、更适合的人在未来等你，什么痛苦、纠结、难过、难以忘记都不过是浮云罢了。

一份好的感情或友谊，不是追逐，而是相吸；不是纠缠，而是随意；不是游戏，而是珍惜。

浓淡相宜间，是灵魂的默契；远近相安间，是自由的呼吸，是距离的美丽。

可以肆意畅谈，也可以沉默不语，因为心懂；可以朝夕相处，也可以久而不见。

走过的路，脚会记得；爱过的人，心会记得。有时候，同样的一件事情，我们可以去安慰别人，却说服不了自己。

明明说着看开了、放下了，每次却总是不自觉地想起那个给予温暖的人。每每又总是在微笑沉醉时看到了现实、想到了伤痛，然后，冷的感觉再也暖和不起来了。

为了自己想过的生活，勇敢地放弃一些东西。这个世界没有公正之处，你也永远得不到两全其美。

若要自由，就得牺牲安全；若要闲散，就不能获得别人评价中的成就；若要愉悦，就无需计较身边人给予的态度；若要前行，就得离开你现在停留的地方。

只愿世间风景千般万般熙攘过后，人我两不欠，相对无言。

到最后，即使离开，也要记挂着彼此的好。

珍惜每一个人，
不挽留任何一个人

双鱼活得很柔软，能根据周围环境改变对你的态度，而且温柔细心，他能第一时间发现你的情绪不对，并且送来关心。这样的人真的不多了，不是所有人都会一直温柔对你。

双鱼极其重视细节，若你已经伤害了他，他只会默默地在心里对你筑起一道墙，却永远不会让你知道原因。

厚道直白的双鱼纵使有太多的软弱，也抵不住它天生悲悯的心呈现的坚强。如果你爱上双鱼，你得到的会是平凡的温暖和永远的爱；如果你不爱双鱼，双鱼会在静默中给予你想要的自由和未来。

我做好了要与你过一辈子的打算，
也做好了你随时要走的准备。
这大概是最好的爱情观，
深情而不纠缠。

你永远不会去追赶他，但会默默地走到他身边，装成偶遇的样子，如果他不邀请你一起走，那你就会改道。大概这就是你的爱情观。

你的好对别人来说就像一颗糖，吃了就没了；反之，你的坏对别人来说就像一个疤痕，留下了就永久在。

所以，若遇到了心爱的人，就去好好珍惜他；若他最后选择要离开，也千万不要纠缠。

对不爱你的人，要懂得放手；对爱你的人，要懂得感激。不需过于自卑，抑或过于自信。

遇不到给你正能量的人也没关系，自己要给自己能量。也因为这样，下次你遇到的人不会再轻易分开，不用踮着脚尖爱一个人，才能保证你们谁都不会倒。

你要像个“冷漠”的大人，别轻易让情绪被绑架。不因为几句甜言蜜语就开心到飞起，也别因为少了某个人的消息就情绪跌到谷底。

要习惯独处，一个人的时候，看看书、追追剧、学一首新歌，不要让孤独打败你。

要明白，快乐是自己找的，不是别人给的。

有一些你当时无法想明白的事，总有一天能够得到答案。有些事说突然，事实上一点儿也不，很多事在开始就已经有了铺垫，只是我们都没意识到。就像你不知道什么时候发现山头已经白了，其实早就是冬天了。

不要在一件别扭的事上纠缠太久。纠缠久了，你会烦、会痛、会厌、会累、会神伤、会心碎。实际上，到最后，你不是跟事过不去，而是跟自己过不去。无论多别扭，你都要学会抽身而退。

一段不被接受的爱情，需要的不是伤心，而是时间，一段可以用来遗忘的时间。一颗被深深伤了的心，需要的不是同情，而是理解。

终于明白，有些路，只能一个人走。那些邀约好同行的人，一起相伴雨季，走过年华，但终有一天会在某个渡口离散。

山和水可两两相忘，日与月可以毫无瓜葛。那时候，只一个人的浮世清欢，一个人的细水长流。

你总是会被突如其来的缘分砸伤，把这些当作生活中不可缺少的主题。有些缘分却只是南柯一梦，瞬间的消逝便成了萍踪过往。有些缘分却落地生根，扎进了你的生命中，从此纠缠不清。

喜欢一个人，如果失去了，就像丢掉自己心爱的物品，虽有遗憾，但是心中不会有多痛。可是爱一个人，如果失去了，就会留下一个伤口，永远都会隐隐作痛。

有些失去是注定的，不要因为自己的一时寂寞，而去接受一段不适合你的爱；也不要因为一段不合适的爱，而去寂寞一生。

人生就是一场旅行，在这个旅程上你会遇到无数的风景和无数的人，但是能装在心中的却总是少数。人生因为一种高尚的情感而焕发出不一样的动人光芒，生命因为爱情而彰显出不同的色彩和美丽。

能够长久的爱情，必定是两个人的心往一处想，不一定要轰轰烈烈，但是一定要合适，彼此成长，相互成全。

爱情，应该是在可以爱的时候懂得珍惜，在无法爱的时候懂得放手，因此在珍惜的时候要好好去爱，在放手的时候要好好祝福。

愿你有好运气，如果没有，愿你在不幸中学会慈悲；愿你被很多人爱，如果没有，愿你在寂寞中学会释怀。

被 爱 的 人 ， 不 用 道 歉

双鱼静的时候可以一天无语，疯的时候会和好朋友聊个通宵，双重性格比双子更严重。双鱼很爱幻想，有时候会为人生画下理想蓝图，因而觉得生命充满希望，雀跃不已。

多情又爱幻想的双鱼总是无法隐藏自己内心的情感，如果他还喜欢那个人的话，你只要留意一下就会察觉到，不论是对新欢，还是对旧爱，双鱼总是念念不忘。

我以为爱情可以填满人生的遗憾，
然而，制造更多遗憾的，
却偏偏也是爱情。

你是如此坚定地爱着一个人，并不是因为他能带给你什么而爱他，而是因为爱他而准备接受他所带来的一切。你觉得真爱就是不指望他让你能在人前夸耀，但在你的内心深处有这样的把握：即使所有的人不与你为伍，他依然会站在你身边。

因为爱他，所以包容；因为爱他，所以在乎；因为爱他，所以开始排斥别人；因为爱他，所以不论他做了什么，都能换来你的“没关系”。

因为你觉得，被爱的人，不必道歉。

人们都说失去后才懂得珍惜，其实珍惜后的失去比什么都痛。被真相伤害总比被谎言欺骗要好；得到了再失去，总是比从来就没有得到更伤人。

失去一个自己爱的人，就会患上一种病，不是别人劝两句就可以好起来的。是的，时间是解药，可以治愈一切，但这种病是慢性病。

就像你把承载着回忆的照片埋在地底下，再用土盖起来，表面上你似乎已经与过去诀别了，但其实关于那个人的种种，已经深深地嵌在你的回忆里、渗进你的生活中。

你以为你能忘得了，其实并没有，它只是在等待时机发作罢了。

爱一个人，为一个人付出，这有什么好丢脸的！假装成一个嘴硬的人，就好像嘴上不承认，心里就能好过一点一样。其实你我都清楚，这个方法根本行不通。

你自己的心意，任凭你自己做主，不想说再见，那就不要说再见。

人活在世界上，重要的是爱人的能力，而不是被爱。我们不懂得爱人，又如何能被人所爱？

不管别人怎么说，不要忘记自己的初衷，感情就是“你快乐所以我快乐”的事情，何必搞到那么复杂！听信别人一句“他不好”，就觉得自己的付出枉费了吗？

如果是这样，那你也不要动感情了，因为这件事情本身就是不公平的。你先陷落了，然后又说对方的不是，这就等于搬起石头砸自己的脚。

而那些仗着自己处在被爱的角色就肆意地去伤害对方的人

更显得悲哀，因为他们根本不知道自己被爱着。所以留给他们的，只有遗憾。

感情，不是一朝一夕而至，也不是一时一刻就能被抹去。

有多少人的离去，是不被在意；有多少情的放弃，是不被珍惜。

眼里没你的人，你何必放心里；情里没你的份，你何苦一往情深？

若是注定要离别了，就用力一些，好让日后回忆起来能够有据可查。

我们总是不懂得珍惜眼前人。在未可预知的重逢里，我们以为总会重逢，总会有缘再会，总以为有机会说一声对不起，却从没想过，每一次挥手道别，都可能是诀别；每一声叹息，都可能是人间最后的一声叹息。

爱情，也许在你的心灵里还没有完全消亡，但愿它不会再打扰那个人，你也不想再使他难过悲伤。

你曾经默默无语、毫无指望地爱过他；你既忍受着羞怯，又忍受着嫉妒、折磨；你曾经那样真诚、那样温柔地爱过他。而如今，你只愿上帝会保佑他，让另一个人也会像你一样去爱他。

没有苦涩的泪水，也没有遗憾，离去的人根本不知道那即将是一场告别。带着微笑远离，是最幸福的一种离别。所有的不舍，留给等待的那个人。

一天将尽，离别之后，明日我们还会相见吗？明日，也许是天涯之遥。

你盗用了友情的名义，还冒充爱情

双鱼渴望爱情，可是面对爱情并不是那么勇敢。有喜欢的人，却永远让对方活在自己的幻想之中，因为双鱼没有勇气说出自己喜欢的心意。

喜欢久了，却始终没能表白，双鱼会变得焦虑不安，甚至表现出自卑情绪来。尤其面对自己喜欢的人心里却有其他人时，双鱼只好把爱深深地埋在心里，因为连表白都没有勇气，又谈什么争取呢？

感情里的双鱼，就像一个小孩，如果你爱他，就好好珍惜；如果你不爱，也请你善待他。

想让你吃醋，又怕你祝我幸福，
这样的感觉真是糟糕透了。

曾经这样爱过一个人：爱的人知道，被爱的人不知道。

这是暗恋吗?

爱着的时候，就整天鬼迷心窃地琢磨他。

他偶然说句话，就想着他为什么要这样说？他在说给谁听，有什么用?

他偶尔的一个眼神掠过，你就会颤抖、欢喜、忧伤，甚至沮丧。

怕他不看自己，也怕他看到自己。更怕他似看不看的余光，轻轻地扫过来，又飘飘地带过去，仿佛全然不知，又仿佛无所不晓。觉得似乎正在被他透视，也可能正被他忽视。

终于有一个机会和他说了几句话，就像荒景里碰上了丰年，日日夜夜地颠来倒去地想着唠着的那几句话，非把那话里的骨髓榨干了才罢。

远远地看见他，心里就毛毛的、虚虚的、痒痒的、扎扎的，或上天堂，或下地狱——或者，就被他搁在了天堂和地狱之间。

爱着的时候，费尽心机地打听他所有的往事，暗自地回味他每个动作的细节，而做这一切的时候，要像间谍，不让他知道，也怕别人疑心。要随意似的把话带给他，再做出待听不听的样子。别人不说，自己决不敢保持特别的沉默。这时候最期望的就是他能站在一个引人注目的地方，这样就有了和大家一起看他和议论他的自由。

每知道一些，心里就刻下一个点；点多了，就连出了清晰的线；线长了，就勾出了轮廓分明的图，就比谁都熟悉这个人的来龙去脉、山山岭岭，知道了他每道坡上每棵树的模样，每棵树上的每片叶子的神情。

爱着的时候，心里潮潮的、湿湿的，饱满得像涨了水的河；可有时又空落落的，像河床上摊晒出来的光光的石头。

有时心里软软的、润润的，像趁着雨长起来的柳梢；有时又闷闷的、燥燥的，像点着了又燃不旺的柴火。

一边怀疑着自己，一边重视着自己，一边可怜着自己，一边也安慰着自己。自己看着自己的模样，也不知该把自己怎么办。

有时冲动起来，也想对他说，可又怕听到最恐惧的那个结果。就只有不说，可又分明死不下那颗鲜活的心。

于是心里又气他为什么不说，又恨自己为什么没出息老盼着人家说，又困惑自己到底用不用说，又羞恼自己没勇气对人家先说。

于是就成了这样，嘴里不说，眼里不说，可每一根头发、每一个汗毛孔都在说着，说个喋喋不休，水漫金山。

日子一天天过去了，还是没说。多少年过去了，还是没说。

那个人像一壶酒，被窖藏了。偶尔打开闻一闻，觉得满肺腑都是醇香。

那全是自己一个人的独角戏，一个人的盛情啊！

此时，那个人知道不知道已经不重要了。不，最好是不让那个人知道，这样更纯粹些。

在这样的纯粹里，买菜的人是自己，做菜的人是自己，吃菜的人还是自己。正如爱他的是自己，知道这爱的是自己，回忆爱的还是自己。

自己把自己一口口地品着，隔着时光的杯，自己就把自己醉倒了。这时候，也方才明白：原来这样的爱并不悲哀。

没有尘世的牵绊，没有哆嗦的尾巴，没有俗艳的锦绣，也没有混浊的泥浆。

简明，利落，干净，完全。

这种爱，古典得像一座千年前的庙，晶莹得像一弯星星搭起的桥，鲜美得像春天初生的一抹鹅黄的草。

这样的爱，真的也很好。

总是小心翼翼，
害怕不辞而别

温和的双鱼常常会满口谎言，不过双鱼的谎言也同样会很浪漫。爱做白日梦的双鱼，现实与幻想总是分不清，说谎也不例外，不为骗别人，却常常骗自己，算是一个损己不损人的说谎家。

爱说谎的双鱼在遇到感情时却会变得小心翼翼起来，因为双鱼最讨厌别人不辞而别，也害怕别人不辞而别，原因是因为自己。

删去成行的字，最后打了个"嗯"发给你。
没关系，不是所有的情绪都要告诉你。
比如我的不开心，比如我好想念你。

越长大，你就越是小心翼翼。成长，带走的不只是时光，还带走了当初那些不害怕失去的勇气。

如果你能回到从前，那么你一定会选择不认识他。不是你后悔，而是你不能面对没有他的结局。

可是爱情不一直是这样吗——先费尽心机地把人抽空，留下一具空躯壳，然后扬长而去。以至于现在的你始终对爱情有戒心。

你能接受一开始就单薄的爱，却接受不了一份爱由浓转淡。

深深地爱上一个人的感觉，孤独时想想，竟然完全与甜蜜、幸福、喜悦这些词语无关，而是“害怕”。

害怕一个人的冷清，害怕夜晚时的宁静，害怕睹物思人，害怕触景伤情……因怕分离而惶恐，因怕辜负而患得患失。

可是，只要深深爱过的人都知道：这样的缘分，在有生之年狭路相逢，终究是不能幸免的。

有些人，你以为可以再见面的；有些事，你以为可以一直继续的。然而，也许在你转身的那个刹那，有些人，你就再也见不到了。

当太阳落下又升起来的时候，一切都变了，一不小心就再也回不去了。

生活中总会有伤害你的人，但你还是会相信其他人，只是比以前小心了些。

总要慢慢成熟，将这个浮华的世界看得更清楚，看穿伪装的真实，看清隐匿的虚假，很多原本相信的事便不再相信。

但是，要相信，这个世界的美好总要多过阴暗，欢乐总要多过苦难，还有很多事，值得你一如既往地相信。

从前有一个人突然闯入你的生活，教会你什么是爱了，然后他就离开了。

其实，你的一生之中至少有两件最幸运的事情：一件是时间终于将你对他的爱消耗殆尽；另一件事，很久很久以前有一天，你遇见过他，那个让你心动又心痛的人。

终于有一天，你不再那么幼稚了，就算依旧爱着一个人，但是，你已经有勇气对自己说：“我也可以过孤独的日子。”

有时候，明明想好了很多要说的话，却还是不敢拿起电话；明明写满了整屏的短信，却不敢发。在拨号、发送的时候，哆嗦的不只是手指、身体，还有心脏和过往的青春。似乎，所有的勇气被消耗一空了。

有时候，明明导演了很多次重逢的戏码，却一次也不会上演；明明攒够了相见的冲动，却会在见面的前一秒钟熄灭。

就连自己都觉得不可思议，曾经那么无所畏惧的人，恍惚间已经收敛了那些年不羁的心；所有与爱情有关的悸动，都无一例外地印在了依旧惶恐的脸上。

所以说，忘不掉的是回忆，继续的是生活，错过的就当是路过。

一路上的行走，你会遇上很多人。也许是

陪你走一站的，也许只是一个过客，于是生命中留下了许多逗号，一段经历一个逗号，一段感情一个逗号，一段付出一个逗号，无数个逗号的等待，只为最终那个句号。

生命中的诸多告别，比不辞而别更让人难过的，是说一句再见，就再也没见过。

你说：“人生就像一场舞会，教会你最初舞步的人，却未必能陪你跳到散场。”然而，我们真的有那么多机会走下去，却在相同的十字路口，不约而同地选择了转身。

错过了的人，默契地消失在了人海，成了见不到、也不能去见的“陌生人”。只是，春去春来，潮涨潮落，可不可以轻轻地问一句：“陌生人，你还好吗?”

第六辑

你是温暖，逆光而来

双鱼是需要你去发掘的星座。他不喜欢嘈杂、混乱和爱自我表现的人。如果你不够细心，一定会错过他。然而当你停下来，注意他，接近、搭讪，会发现原来他们的世界毫不枯燥，甚至跟你想象的完全不同，他们活泼得让你惊奇，让你好像看到了一个未知的世界，于是你只剩下了一种感觉——温暖而有趣。

站 在 一 个 安 静 的 位 置 ，看 世 界 的 热 闹

双鱼做人很纠结，其实他骨子里相当孤傲的，很喜欢安静，不喜欢多说话，可是又总是想让周围的人因为他的存在而感到快乐和幸福。

所以，稍微沉稳点的双鱼会被人说成清高，活泼点的就被人说成傻……

请理解双鱼，清高并不是瞧不起谁，傻只是为了你们能开心。

幸福就像是一只蝴蝶，当你追逐它时，它是难以到手的；
但是，当你安静地坐下时，它却可能降落到你身上。

每一段青春都会苍老，每一个苍老的过程都有故事。把心放平，一生就是一泓平静的水；把心放轻，一生就是一朵自在的云。

人生满是起伏不定，满是阴差阳错。关键在于，在顶端时好好享受，在低谷时不失勇气。下一个早晨，太阳依然会升起来。

你要学会在阳光中微笑，学会在沉默中思索，学会在一个安静的位置上，去看世界的热闹……

不管世界多么热闹，热闹永远只占据世界的一小部分，热闹之外的世界无边无际，那里有着每个人的位置，一个安静的位置。

就算有时候，你也会有很多无奈，也想大哭一场，也会觉得累。然后是莫名的心情不好，不想和任何人说话，看什么都觉得不舒服，心里闷得发慌，拼命想寻找一个出口。

曾经那些最孤单、最无望、最失落、最安静的经历，其实都不是你最潦倒的时光。你憋着这口气，最终能独自上岸。你耐住了孤单，扛过了无望，不再怕失落，也学会与安静为伴。

虽然疼都是别人给的，但伤都是自己好的。

和多数喜欢安静的人一样，你并不认为上蹿下跳才是精彩的生活，那样多么像猴子，也是一种劳碌。

生活确实可以燃烧得再充分一些，但是不要弄得狼烟四起。

你只想从容地坐着，你可以感受到地球照样在旋转，阳光从高空洒落下来，时间如小溪流淌，花开花落，似乎从来也没有离去。在这些更替里，你看不见任何忧伤。

大海从天空看都是蓝的，从远处看都是平静的。

你要学会在自己的内心世界航行，那里畅通无阻，宁静优美。时光、距离，还有市井的嘈杂声，都被拆卸和隐藏。

你的身体尽可以在世界上奔波，你的心情尽可以在红尘中起伏，关键在于你的精神中一定要有一个宁静的核心。有了这个核心，你就能够成为你的奔波的身体和起伏的心情的主人了。

随后，你的日子也会更加优雅。不要在得失之间煎熬，得到的并没有得到，失去的也并没有失去。

有时候，有些人不需说再见，就已离开了；有时候，有些事不用开口也明白；有时候，有些路不走也会变长。总望着曾经的空间发呆，那些说好不分开的人不在了。

愿你在以后的日子里，能做一个安静的人，读书，旅行，等待爱情。给自己一段柔软的时光，不用太远，不用太贵，去一个安静的地方将自己释放、抚慰。

做一个安静美好的人，于角落里自在开放，默默悦人，却始终不引起过分热闹的关注，保有独立而随意的品格，这就很好。

人应该去旅行，在年轻的时候，趁着有脾气装潇洒，有本钱耍个性，离开睁眼闭眼看见的城市，逃离身边的纷纷扰扰，找一个让心里安静和干净的地方，让自己变得跟水晶一般透明，然后拍一些美得想哭的照片，留给老年的自己。

旅行，就应该只是单纯地出去走走。去哪里并不重要，心宽便是远方。

做个安静的人挺好，不喜欢争抢，信奉是我的跑不掉，不是我的抢不来。

放弃了，就不该后悔；失去了，就不该回忆。放下该放下的人，退出没结局的剧。

一群人喧闹，而你负责微笑，不大喜，也不大悲，世间仅此一次，所以从从容容随遇而安，不被别人打乱节奏。

进能倾听他人想法，退能思考自己生活。欣赏他人，你很好，我也不赖，你有大世界，我有小生活。

成长就是渐渐温柔，克制，朴素，不怨不问不记，安静中去渐渐体会生命的盛开。

你是温暖，逆光而来

双鱼，一个骨子里就带着温柔的星座。他对事情的态度就是得过且过，就算有人针对他，甚至骑到他头上来，他也就是在心里冷笑一番，然后不动声色地忍着。

虽然能把双鱼逼急了挺难的，但这并不代表双鱼没有脾气。一旦他的脾气积攒到一定程度，双鱼就会展现出很强的反击能力，那时候，受到反击的人可就叫天天不应、叫地地不灵了。

建议人们不要跟双鱼生气，如果你惹双鱼生气了，不妨试试温柔攻势，温柔乡就是英雄冢，保证百试不爽。

即便我对一些人事失望难过，
也还是想要做一个温暖的人。
只是希望有一天，能够被回忆。

有时候，莫名的烦躁像一条蛊虫，贪婪地咬噬着你脆弱的心灵，让你感到难以名状的难受，像一只不可理喻的刺猬到处伤人。

有时候，可恶的寂寞像一条毒蛇，无情地缠绕你冰冷的灵魂，百无聊赖的孤独，让你艰难地佯装成快乐的人。

有时候，无耻的欲望像无底的黑洞，强有力地吸引着你，那永无止境的贪婪，时不时地让你露出自私的面孔。

这个时候，不如就承认一下，你没有想象的那么坚强，也不像别人看到的那样刀枪不入，你只是想被温暖地抱一下。

愿你能成为一个让人感到温暖的人，像一棵树，根深深地扎进泥土里，枝杈努力伸向天空，活得坚韧而自由。

愿你懂得包容、平和、温润，爱得有力，不去争吵，也不抱怨，去很多地方，结识很多有趣的人。

愿你能保持微笑，缓步前行。

做一个温暖的人，做一个爱笑的人，快乐并懂得如何快乐，快乐并感染身边的人快乐。

努力做到最好，偶尔任性，却不犀利；偶尔敏感，却不神经质。

乐意和大家分享所有开心和不开心的事情。高兴了就笑，让大家都知道；悲伤了就哭，然后当作什么也没发生。但不轻易流泪，不轻易伤悲。

若是到了无法承受的时候，也会记得给自己一个鼓励的微笑，然后说服自己继续坚持下去。

有大快乐的人，必有大哀痛；有大成功的人，必有大孤独。这就是情感的节奏。

从现在开始，不沉溺幻想，不庸人自扰，踏实工作，好好生活，做一个接近幸福的人。

温暖，不只来自太阳，也来自我们的心。

记得让自己更美丽一点。你的美丽，可以给你带来自信和愉悦。

同样，也记得带着美好的心情，发现生活

中简单的美丽，关心需要关心的人。

温暖的人，像孩子一样真诚，像夕阳一样温暖，像天空一样宁静。

不必太纠结于当下，也不必太忧虑未来。当你经历过一些事情的时候，眼前的风景已经跟从前的不一样。

对待感情，也要做个温暖的人。明明知道一切都已经过去，但却发自内心地希望，这一切都不要走得太快，其实，这真的和贪恋无关，只是不想那些曾经的温暖，顷刻间就变得那么冰冷。

在很多时候，我们都沦落为爱情的盗版。而一个温暖的人，最懂得祝愿，不管是感情的来，还是去。

当然了，温暖的人不会害怕孤独，因为他懂得爱自己，他知道没有人有义务宠爱他一辈子。

青春的可贵并不是因为那些年轻时光，而是那颗盈满了勇敢和温暖的心，不怕受伤，不怕付出，不怕去爱，不怕去梦想。

生活和爱都不苦涩，让你尝到苦涩的是你的欲望。

没有人可以永远年轻，没有人永远热泪盈眶，但如果能依然对这个世界保持好奇与爱，那就会如同少年。

愿意吃亏的人，终究吃不了亏，吃亏多了，总有厚报；喜爱占便宜的人，定是占不了便宜，赢了微利，最后失了大局。

人总爱跟别人比较，看看有谁比自己好，又有谁比不上自己。而其实，为你的烦恼和忧伤垫底的，从来不是别人的不幸和痛苦，而是你自己的态度。

你是一个什么样的人，就会听到什么样的歌，看到什么样的风景，遇到什么样的人。

你能听到快乐的歌，看到温馨的风景，遇到正好的人，你会相信那些温暖、信念、梦想、坚持这些看起来老掉牙的东西，这是因为你就是这样的人。

生活不是刁难，
它是一种雕刻

敏感的双鱼总是不自觉地在情绪上做文章，短时间内很难逃脱被伤害的情境，对于一件不爽的事或一个为难自己的人，他没有专注事件的解决、自身消极情绪的缓解，反倒一心一意在生气、郁闷，于是痛苦的更加痛苦了，烦恼也加倍了。

有时候悲观的心态的确能让双鱼一蹶不振，认为生活的悲欢离合都是围着自己转。

双鱼不要把失败放大，而是要把自己的优点放大，这样双鱼的生活就肯定是阳光灿烂的。

每个人都会有缺点，
就像被上帝咬过的苹果，
有的人缺陷比较大，
正是因为上帝特别喜欢他的芬芳。

那种捏着鼻子、硬着头皮都不想做的事，往往能带给你最希望的结果。

因为，人最不想伸手触碰的就是困难和短板，而克服了困难、弥补了短板，也会给你带来可观的收益。

有时候，刁难自己就是厚待自己。同样的，看似生活对你的刁难，其实都是祝愿。

生活难免会刁难我们。然而，比刁难更糟糕的情况是，有时候，雨还没有下起来，我们却先自己浇透了自己。

一个人，若是胸怀不够宽阔，就总会觉得处处与奸邪恶毒的人狭路相逢。这是因为，越是在窄憋的空间里，丑恶越容易被放大。

每个人都是独立的个体，当你有思想、有灵魂的时候，本不应该急着上路，而是在上路之前好好想一想，你的人生到底是为了谁而活。

你不必抱怨上天没让你早点遇见那个对的人，你也不必担心那些好机会都落到别人头上了，而是要面带微笑地去看待所发生的一切，就算孑然一身，但你学会了经营自己的生活，这样的你，比没有爱情的你更显得幸福。

生活的刁难，有时候，就像走在短巷中，冷不丁被狗咬了一口。也许要龇牙咧嘴疼上一阵子，但是，当你捂着伤口的时候，要跟自己说，走的路多了，难免是会被咬上一口的。

同时，你还要笑笑，因为，你欣喜地看到，这个巷子里有好多狗，它们并没有咬你。

你要知道，身边的人不可能都是你愿意遇见的人，就像不可能永远只活在明媚的天气里一样。碰上阴天下雨，你也得潮湿地过一阵子。这是一种生活的能力，也是成长必然要有的境遇。

漫长的人生征途上，有些事即便今天不会刁难你，换一天也会刁难你，即便这个人不刁难你，换一个人也难免会刁难你。

面对刁难自己的人、刁难自己的事，最好的过法就是一笑而过，然后轻松地告诉自己：被刁难，也是生活的一部分。

你会发现，因为你与自己讲和，任何刁难都会被化解到不那么锋利。

请记住，放开自己，生活才会放开你。

刁难，总是来自于比自己强大的人，或为强权，或为强势。因为有所顾忌，才有所退缩。

实际上，是自我的那颗畏惧的心，逼得自己软弱、孱弱，甚至走投无路。

畏惧心，其实是得失心，当你在得失上畏首畏尾，就难免会受制于人、受压于人、受气于人、受辱于人，就会受到刁难。

再强大的陌生人，也不会刁难你，因为跟你没关系，你可以不必怕。这就是面目狰狞的人，总是出现在你身边而不是别人身边的缘由。因为，只有身边的人，才会与你有利益关系，有利害关系，你才会被刁难。

被刁难，其实不是屈服于谁，而是屈服于某种利益关系和利害关系。

被刁难，其实不是生活专门针对你一个人，而是成长路上的每个人都会遇到的。

在生命的舞台上，刁难最初似乎是一种伤害，但后来却成了成全。因为，每一个被生活刁难过的人，知道了怎样与这个世界周旋或相处时，也懂得了生活有时候是一门妥协的艺术。

被刁难的时候，就一笑而过吧。到后来，你会发现，没有比笑着活过更通达更通透的活法了。

如果觉得生活是一种刁难，你一开始就输了；如果觉得刁难也是一种雕刻，迟早你都会赢的。

独处的秘诀，
就是和孤独签订体面的协议

双鱼是典型的双重性格，有时候，看起来很冷漠、很成熟，可是相处久了，会发现他根本就是个没心机、爱朋友、重视亲人、心地善良的刺猬，他需要的是一个不怕受伤的人去打开他的心房。

双鱼也是爱孤独的人，尽管他热情和善，但多数情况下，他还是会选择孤独。

你之所以感到孤独，
并不是没有人关心你，
而是你在乎的那个人没有关心你。

也许你现在仍然是一个人上课、一个人乘公交、一个人上楼、一个人吃饭、一个人睡觉、一个人发呆，然而你却能一个人下课、一个人乘公交、一个人下楼、一个人吃饭、一个人睡觉、一个人发呆。

很多人离开另外一个人就没有了自己，而你却一个人度过了所有。

你用你的实际行动告诉整个世界，你的孤独虽败犹荣。

当你极力在匆忙的世界中拼命向上时，却不得不面对由此产生的孤独，感谢这些年陪伴在自己左右的人，也感谢那个始终坚强的你自己。

你觉得孤独就对了，那是让你认识自己的机会；你觉得不被理解就对了，那是让你认清朋友的机会；你觉得黑暗就对了，那是你发现光芒的机会；你觉得无助就对了，那样你才能知道谁是你的贵人。

你觉得迷茫就对了，谁的青春不迷茫？

青春就像一部电影，时光记录了一切，却在一幕幕的场景中落下了帷幕。每个人降临到这个世界，都是一个孤独的个体，那么基本上也就奠定了我们每个人的生命基调。没有谁会陪伴你到永久，也没有谁会永远理解你，除了你自己。

孤独是这样的，当你渴望被理解，却遇不到相同频率的人，那不如不被理解。就像有时候很烦，想找个人倾诉，但真开始倾诉了又发现不如不说。

没有人喜欢孤独，但比起别扭地相处，你更喜欢独处。到最后你会明白，只有面对孤独，才能找到自己和世界的相处方式。

你看，一个人独处的秘诀，其实就是和孤独签订一份体面的协议。

孤独这个词汇，将带着其特有的意义伴随我们一生一世，永不离弃。

虽然孤独，却不孤单。孤独只是一个代名词，那是只有自己能懂的一片小世界，自己与自己心灵上的对话，一次心灵上的洗礼与提升。

虽然我们是身为人类的群居动物，但我们总是在热闹的场合中感到由冥冥之中而来的孤独的吸引。仿若热闹都是他们的，虽静立其中也与自己无关。

人们的表面越是忙碌，内心的孤独越是遏制不住。

当孤独向我们靠近时，我们并没有选择将它扼杀在摇篮之中，反而还接纳了它，并给了它若干存在的理由。只是当孤独的根枝蔓延到我们的内心深处时，才发现为时已晚，因为它早已奴役了我们的灵魂。

你要记得，你的青春不是用来迷茫的，时光也不该总是孤独的，世界不会因为你去旅行就变得美好，就算再不舍你也在一天天迅速苍老。

所以，请不要沉溺在对自己的爱恋与忧伤里，不要沦陷在你湿漉漉的漫长的青春期无法自拔。你需要关心并思考更广阔的世界，不断痛苦地蜕皮，然后成长。

青春是如此宝贵，稍纵即逝。我们应该在烂漫蓬勃的年华里，用自己的智慧、热情和善良去努力读书、学习或工作，努力与人为善，努力为这个社会奉献一点点的善良，为了你的梦想不遗余力。

当你能用最热忱的爱对待生活、对待身边的每个人时，你也就不再感到孤独了。那时，你会由衷地感叹：我的孤独，虽败犹荣！

即使没有朋友、没有爱情、没有可以寄托的归宿，也应该以自己的孤独为荣，并随时随地做好一个人战斗的准备。

把最好的自己留在最好的时光里。时间总不能停留，不要伤春悲秋；孤独总如影随形，不要难以自制；遗忘总是必然，不要回忆伤感；感情不能刻意强求，不要寻死觅活；过去始终存在，不要遮掩炫耀。

让我们以年轻的名义，奢侈地干够这一桩桩“坏事”，然后在成熟之前及时回头、改正，从此褪下幼稚的外衣，将智慧带走。

然后，要做一个合格的人，开始担负，开始顽强地爱着生活、爱着世界。

你若少了快乐，生活就缺了一角

双鱼的字典里永远没有“利用”两个字，他不懂得什么叫阿谀奉承，什么叫阳奉阴违；双鱼脾气急，易冲动，很真很潇洒；双鱼喜怒哀乐都表现在脸上，并且喜欢挑战不能完成的事。

双鱼倔强，永远都是刀子嘴豆腐心；也有的时候，他表面看上去很热情，对每个人都很用心，不喜欢伤害别人，完全是那种受伤了也不会去报复、以德报怨的傻孩子。

一个聪明的人，会努力让自己快乐。
快乐是最好的药，没有副作用。

你还年轻，可是你说你不快乐；你想要房子，你想要汽车；你想要姑娘，你想要真命天子；你想要旅行，你想要享受生活。

你那么年轻却窥视着整个世界，你那么浮躁却想要看透生活。

你不断催促自己赶快成长，却沉不下心来安静地读一篇文章；你一次次吹响前进的号角，却总是倒在离出发不远的地方……只是，成长，真的要像你想象的那样迫切吗？

其实，要成功到什么地步，要过上什么样的生活，要去什么地方生活，真的没那么重要。只要心里舒坦，哪里都行，也许不会大富大贵，也许不会成为人上人，也许不会留在大都市，可是，那又怎么样呢？

自己的生活，为什么一定要别人认同呢？

有时候，你自以为很笃定的事，实际上却并非如此。笃定的感情、笃定的关系，也许还是会变。相反，那些你不曾笃定的事，到头来却也许会属于你。

生活中，惊喜、失望、欢笑和泪水总是轮番上场，明白了无常，也就知道只能努力做好自己。你努力了，那就坐看命运如何款待自己，是以喜抑或以忧？

你终究会慢慢长大，直到逐渐学会接受，接受意外，接受变节，接受误解，接受努力了却得不到回报，接受世界的残忍和人性的残缺。

但这不代表你妥协，你还是会去努力、去爱、去为遥不可及的一切付出心血。因为，你还相信梦想、相信奇迹。

这样的你，又怎么会活得不快乐？

快乐是一朵低调盛开的花，越是低调，越是美好。

低调可以让你安全，因为晒幸福容易惹来嫉妒，也容易适得其反。万一有一天有个变化，那自己难有台阶下。

正如“快乐和痛苦是邻居，快乐如果太大声，会吵着痛苦，而痛苦太大声，却吵不着快乐，因为快乐是个聋子”。

同样的，如果幸福晒得太早，也容易吵着不幸。因为期待越大，失望也就越大。

爱情这东西，太不完美，也太多遗憾了，但它终究教会了我们很多东西。在爱情里，你得知人生的无常，你也学会了无求。要求别人，总难免会失望。

爱情是生命的桂冠，摇摆就会让它落地，因为我们的灵魂没有爱情，生活下去就会很消沉。所以，要修正人格，昂起爱情的头颅，自然会时时爱待你所爱的人。

然后，你学懂了，爱一个人，是要无所求，只要他快乐，只要他幸福。

真心对一个人好，不一定有回报，而你忽略的人，可能对你是最真的。很多东西，可遇而不可求；很多东西，此生可能只一次拥有。

人生如行路，一路艰辛，一路风景。你的目光所及，就是你的人生境界。

总是看到比自己优秀的人，说明你正在走上坡路；总是看到和自己差不多的人，说明你差不多在混日子；总是看到不如自己的人，说明你正在走下坡路。

与其埋怨世界，不如改变自己。管好自己的心，做好自己的事，比什么都强。

愿那个快乐的你不贪心，也不等待。希望你找到感觉对的人，就决定了。希望你不再左顾右盼，希望你知道自己的时间有限，你要用有限的时间跟另一个人过更好的生活，而不是用自己的生命，去找一个更好的人。

愿你始终相信快乐的法则：留在身边的，就是最好的，就要好好珍惜。

总有一天，你会变老，时间会掩饰你的热情，吞噬你的纯真，收回你的童趣，但它抹不去你想要快乐的心。

愿你现在是个快乐的孩子，长大了是个快乐的大人，老年时是个快乐的老人。总之，拥有快乐的一生。

时 光 凉 薄 ，
容 不 得 你 多 愁 善 感

双鱼很敏感，看似什么都不计较、不细心，其实是在包容你，所以会装作什么都不知道。他讨厌虚伪、谎言，讨厌欺骗。

双鱼表现得很多愁善感，他本来有一颗热爱生活的心，但又不得不接受生活带来的种种猜疑和否定。

其实，快乐是自己给自己的，双鱼的快乐来得比其他星座要快，丢失的速度同样超过了其他星座。

无论有没有人爱，我们也要努力做一个可爱的人。
不埋怨谁，不嘲笑谁，也不羡慕谁，
阳光下灿烂，风雨中奔跑，
做自己的梦，走自己的路。

人生的道路，不是一条笔直的过程，时光偷走的，永远都是我们眼皮底下看不见的珍贵。

越是平凡的拥有，越是长久；越是温润的感情，越是无声。总是带着残缺的美，因缺憾而凄美。而一个人越是成功，他所遭受的委屈也越多。

要使自己的生命获得极值和炫彩，就不能太在乎委屈，不能让它扰乱你的生活。

生活就像一枚铜钱，快乐悲伤分占两边，一眼看去只是一面，但请记得，另一面也许在下次投掷后相见。

你的命运，一半被上天操控，阴晴雨雪，死生祸福，很多时候是注定的，你无法改变，只能被动承受；另一半由自己掌握，需要你全身心认真演绎、积极诠释。

你不快乐，谁会在意你的忧伤？你不坚强，谁会怜悯你的懦弱？你不奋进，谁会陪你原地停留……唯有自我负重前行，方能咀嚼出生命的原味。

生活有一种颜色叫平凡，它是一种简单，简单的名字又叫清丽；生活有一种颜色叫满足，它是一种心态，满足的名字又叫快乐；生活有一种颜色叫真诚，它是一种美好，真诚的名字又叫永恒。

生活有一种颜色叫归宿，它是一种淡定，淡定的名字叫随意；生活有一种颜色叫淡泊，它是一种心情，淡泊的名字又叫宁静。

当别人忽略你时，不要伤心，每个人都有自己的生活，谁都不可能一直陪你；当你看到别人在笑，不要以为世界上只有你一个人伤心，其实别人只是比你会掩饰。

时光凉薄，容不得你多愁善感。

被琐事缠身或者心情特别闷时，不要急着找人倾诉。朋友是你倾诉的对象，但你不能一味地把他们当成你情绪的回收站。情绪会传染，糟糕的心情会蔓延，你会放大自己的苦。

大多时候你急着找出口会更苦闷，翻遍通讯录才发现情绪无法表达。此刻不如静下来，听歌和深呼吸都会有帮助，学着自己去消化、去化解。

忍耐是一种能力，也是一种境界。假如你是一株弱小的花卉，想要绽放你的美丽，你就得忍受寂寞的成长；假如你是一列钻进隧道的火车，想要沐浴温暖的阳光，你就得忍受冰冷的黑暗。

忍过黑夜，天就亮了；耐过寒冬，春天就到了。

世间若有人呵护你的痛楚，那是幸运的；若没有，你也要坚强争气。

生活，是活在现实中，而不是活在梦想里。梦想是人生的精神支柱，现实才是生活的常态。没有梦想，现实将是一片黑暗；没有现实，那么梦想也只不过是美梦和幻想。

梦想只有接上现实的地气，才可能梦想成真。

生活里，每个人都有各自的优点和弱点；每一个人都是有血有肉、有灵魂的，他们的身上散发着不同的美，每一种美好的品质都是诱人的。

学会欣赏，就要时刻看到别人的优点，让别人的优点自觉地成为自己的优点。久而久之，你便自然成为一个优秀的人；优秀的人，自然也懂得欣赏。

三毛说：“一个不欣赏自己的人，是难以快乐的。”

慵懒的生活里多少还是需要一些能够吸引人的事物来调节一下生活的节奏，不然太过慵懒会让人很难有做事的兴致。当然，节奏无须太快，就这样在不紧不慢的频率中度过你的每一天，也是很美好的一件事。

你从不孤单，因为，这个世上肯定有一个人，在努力地走到你的身边。

执迷不悟，
不过是自讨苦吃

双鱼喜欢单曲循环地听着一首歌，不是因为它的旋律好，而是因为那首歌的歌词，他一定是喜欢那首歌的歌词才会一遍又一遍地听。或许那歌词写的就是他的故事，而你只要看看他听的那首歌的歌词，就知道他的心里在想什么了。

生命中如果出现了对自己很沉重的打击，双鱼就会大彻大悟，从醉生梦死中活过来。有些双鱼的生活很糟糕，其实不是他不优秀，而是过于执着，自讨苦吃。

不论是生活，还是感情，
谁伤害过你，谁击溃过你，都不重要。
重要的是谁让你重现笑容。

这世间的爱恨情仇，有千千万万种，有一种叫作执迷不悔，还有一种叫作执迷不悟。

执迷不悔的，虽然不一定会快乐，但至少不痛苦；而执迷不悟的，不过是自讨苦吃。

年轻的你，不是放不下曾经，而是太固执。

本是感情左右的爱情，却让记忆牵绊；本是努力才能有的运气，却让不劳而获的心思去控制，这样的你怎么能不败，怎么能不痛苦呢?

你要知道，是你的，它终究会属于你；不是你的，再如何强求也强求不来。何必为了一个不可能会拥有的它而去固执呢?

时光千回百转，执着与忘记没有差别。强加控制的忘记等于执着，而没有控制的执着等于忘记。所有烦恼都会过去，你所需要的只是经历。

慢慢的你会发现，人的悲喜、爱憎都像你路过的一朵花，你睁开眼看它，它就存在，你闭上眼，也完全可以当它是虚无。这样想，就可以释然，太执着真的没有必要。

不管脚步有多慢都不要紧，只要你在走，总会看到进步。世上最美的，莫过于从泪水中挣脱出来的那个微笑。

没有人可以带走你的痛，别让任何人带走你的幸福。

生活，不可能什么都得到；青春，更不可能十全十美；苦苦地挽留夕阳，是傻人；久久地感伤失去，是可怜人；贪小便宜的人，往往会失去更珍贵的东西；舍不得不合适的感情，起程的脚步就会被羁绊；执着太多，很可能就耽误了你美好的青春。

年轻的你可能不知道自己到底在执着什么，但你肯定能感受到，你一直都在为难自己。

人心之所以不安，就是把自己寄托在那些不稳定和不真实的东西上；生活之所以痛苦，也是太执着于那些终将失去的东西。

命运就像自己的掌纹，虽然弯弯曲曲，却永远掌握在自己手中。

生命是一场又一场的相遇和离别，是一次又一次的遗忘和开始。可总有些事，一旦发生就留下印记；总有些人，一旦来过就无法忘记。

遗忘带给你的除了失望，再有恐怕就是一种苦涩的幸福，因为有所期待，所以才会失望。因为有爱，才会有期待，所以纵使失望，也是一种幸福，但这种幸福掺杂着痛苦。

有些人注定是等待别人的，有些人是注定被人等的。有些人注定是要失去的，但也正是因为注定的失去，才让你有机会遇见更好的人。

人生就是这样得失无常，凡是路过的都算风景，能占据记忆的皆是幸福。等走远了再回首，我们才发现，挫败让人坚强，别离令人珍惜，伤痛使人清醒。

你只有从过去中转身，幸福才会在明天迎接你。

人最软弱的地方是舍不得，舍不得一段不再精彩的感情，舍不得一份虚荣，舍不得掌声。你永远以为最好的日子会很长很长，不必那么快离开。

就在你心软和缺乏勇气时，最好的日子毫不留情地逝去了。

图书在版编目(CIP)数据

你值得世间所有的美好 / 林小仙著.—北京：现代出版社，2017.9
ISBN 978-7-5143-6432-3

Ⅰ. ①你… Ⅱ. ①林… Ⅲ. ①散文集－中国－当代 Ⅳ. ①I267

中国版本图书馆 CIP 数据核字(2017)第 238946 号

你值得世间所有的美好

著　　者　林小仙
责任编辑　赵海燕　毕椿岚
出版发行　现代出版社
通信地址　北京市安定门外安华里 504 号
邮政编码　100011
电　　话　010-64267325　64245264（传真）
网　　址　www.1980xd.com
电子邮箱　xiandai@vip.sina.com
印　　刷　吉林省吉广国际广告股份有限公司
开　　本　880×1230　1/32
字　　数　132 千字
印　　张　7.5
版　　次　2018 年 2 月第 1 版　2018 年 2 月第 1 次印刷
书　　号　ISBN978-7-5143-6432-3
定　　价　38.00 元